航海王 ONE PIECE 小说

A 艾斯

2 新世界篇

尾田荣一郎 滨崎达也 著
张旭 译

浙江人民美术出版社

航海王
ONE PIECE

小说 艾斯 ② 新世界篇

Contents 目录

- 序 章 001
- 第 1 话 009
- 第 2 话 031
- 第 3 话 055
- 第 4 话 071
- 第 5 话 095
- 第 6 话 137

本作品纯属虚构，
与现实中的人物、团体、事件之间不存在任何关联。

序章

我是一个可以将自己化为火焰的海盗。

这一切都发生在蒙奇·D.路飞出海三年之前，
这是属于他表兄波特卡斯·D.艾斯的故事。

*

高路德·罗杰是世上唯一一个称霸"伟大航线"，并成为海盗王的人。自从他被海军处以极刑后，已经过去十几年了。

如今正是大海盗时代，一个围绕着"大秘宝"展开的，属于大海与冒险的时代。

在多如牛毛的海盗中，君临"新世界"的四位海上皇帝——被人们称为"四皇"。

世界政府为了抑制四皇势力的扩张，在玛丽弗德建立海军总部，并组建了拥有官方劫掠许可的"王下七武海"，这三大势力在"新世界"形成了三足鼎立之势。

一旦这三股势力之间的平衡被打破，"新世界"就将陷入战乱中。

随着它们的做大做强，世界局势也变得越发凶险，到处充满着力量与支配、结盟与背叛。在这由各种欲望和不安组成的巨大漩涡中，时代仍然在散发着未知的光芒。

这光芒正是人们心中那从不曾停歇的——梦想。

*

波涛汹涌的海面上，船头为白鲸造型的巨舰正悠哉悠哉地破浪前行。

"咕啦啦啦啦！"

船长室内,这艘船的主人正斜靠在椅子上,发出十分愉快的笑声。

白胡子海盗团,波特卡斯·D.艾斯!

拒绝加入王下七武海!

"'伟大航线'上有个年轻气盛的小鬼啊!咕啦啦啦啦……他居然拒绝了七武海这个位子?"

报纸上刊载着一个新人海盗击败了海军总部的中将,并在香波迪群岛完成镀膜后成功出航的消息。

"'D'……"巨舰之主捋了捋自己雪白的胡须。"这小子已经出海几年了?看着真年轻啊……何必这么心急呢?"

"老爹,我进来了。"

船舱的门开了,一个端着大盘子的男人走了进来。

雪白的厨师服,将将到膝盖的皮靴,再加上脖子上的厨师领巾——看来他似乎是个厨师。

"哦,沙奇。今天的海龟汤相当不错啊。"

"海龟?今晚的汤明明是拿海鳗炖的啊。"

"没错,就是它,吃得我浑身发热。"

"毕竟是滋阴补阳的特制汤嘛!来,这些是饭后的药。"

身穿厨师服的男人——沙奇把药和温水放在了桌子上。

"嗯?"

"从今天开始又加了一种药,不按时按量吃药可不行啊。"

"怎么,你小子是我的船医吗?"

"老爹不好好吃药,船医肯定饶不了我,毕竟这可并不是只属于老爹你一个人的身体啊。"

听了沙奇的话后,被称为老爹的男人总算是极其不情愿地抓起桌上的药塞进嘴里,然后就着温水咽了下去。

"好苦啊……"

"常言道良药苦口嘛,另外记得多喝些水,小心别让药粘在喉管里。"

"你小子当自己是我老妈啊……"

"谁叫白胡子海盗团的厨房归我们四小队全权管理呢！啊，对了，甚平大哥好像是要回去了。"

沙奇突然想起了什么事情，恍然大悟地拍了一下手。

"怎么？他这就要走了吗？"

"嗯，不过他说了，不用特意为他送行。"

"那怎么行？"

说罢男人就从椅子上站了起来。

这个男人是曾经与海盗王高路德·罗杰逐鹿海上的豪杰，尽管已经七十高龄，也仍然以四皇之一的身份雄踞于新世界，麾下地盘广大，人才济济。只要"白胡子骷髅旗"一升起，就会有十六位本领高强的队长率领多达数十个海盗团，数万人的大部队倾巢而出。

爱德华·纽哥特，被人们称为"白胡子"的海盗，这个世界上最强的男人。据说他的力量惊天动地，甚至可以轻易将一整座岛从地图上抹去。

纽哥特离开船长室后，来到了甲板上——

夜晚的海风拂过面颊，漆黑的大海上，只有天上的星星和月亮，以及记录指针能辨别船只的航向。那海里的鱼怎么办呢？它们八成拥有什么不同于人类的特殊感官，可以用来辨别方向吧。估计鱼人很可能也是如此。

"哟，甚平。"

"白胡子老大！"

那个正站在甲板边上，准备一头扎进海里的男人，循着白胡子的声音回过身来。

此人正是身高十尺的"海侠"甚平，一名鲸鲨鱼人。

鱼人族可以在水下呼吸，更有着远远强于普通人类的身体素质。但他们并非是与人类完全不同种类的生物，甚至可以在与人类结合后

繁衍后代。

"你也太见外了。"

白胡子微笑着，表示愿意送甚平一程。

甚平自然是受宠若惊，但还是陪着白胡子在甲板上走了起来，他抬起头说道：

"其实是有人传唤我去一趟玛丽弗德。"

"是战国吧？"

"正是。"

甚平曾经隶属于与人类敌对的太阳海盗团，当时他的赏金高达两亿五千万贝里。但是现在他却站在了世界政府这一边。

"海军总部的元帅阁下，似乎相当看重甚平大哥的能力啊。"

沙奇拎着一架提灯走了过来。

"确实如此，现在这帮七武海啊，一个个都太恣意妄为了。"

"肯乖乖动身前往海军总部报到的，怕是只有甚平大哥你自己吧？'九蛇女帝'波尔·汉库珂自然不用说，还有多弗拉门戈，跟那个鳄鱼……全是一帮满脑子只顾着自己那点破事的家伙。"

"我毕竟是为了求得鱼人族的特赦才成为王下七武海的……这种分内之事，该去还是得去啊……"

正因为王下七武海这个身份，甚平才不宜在昔日老友——四皇白胡子的船上久留。

"甚平大哥你也太守规矩了。"

"哪里……七武海出现空缺，想必连战国元帅也相当头痛吧。"

"哦，原来是这么回事。"

白胡子把手上拿着的报纸递给了沙奇。

沙奇借着提灯的光快速扫了一眼头条。

"新人海盗拒绝了七武海的位置？"

沙奇轻轻嘟囔道。

"你听说过这个年轻人吗？"

听到白胡子的提问后，甚平也凑过来看起了报纸。

"也只是听说过而已，到处都能看到他的悬赏令……他是自然系，火焰能力者……"

"报纸上说他在香波地群岛上惹出了相当大的乱子，也就是说他很快就会到这边来了吧。"

沙奇抬头仰望甚平，而甚平则抬起头看向白胡子。

"唉，无意中耽误了你不少时间。下次再见吧，甚平。路上小心。"

"那我走了。老爷子你也务必保重身体。"

白胡子向甚平挥手告别，随后转身返回船长室。

隆隆……

伴随着一声闷响，远处的海平面上升起了一片小小的火光。

也许是哪里的火山喷发了吧……沙奇和甚平的目光，都瞬间被它给吸引住了。

"沙奇，白胡子老爷子他……"

"老爹他的情况很不错，至少完全没有要恶化的意思。"

"这样吗……"

甚平的脸上露出了一丝欣慰。

"唉，人这东西，无论谁都敌不过时间的流逝啊。随着味觉的退化，他的口味变得越来越重了，今后得尽可能把饭菜做清淡些才行。"

"沙奇，我知道这种话可能有些多余，但还是麻烦你多照顾白胡子老爷子，他可是我们鱼人族的大恩人啊。"

"这我自然心里有数，你就放心吧，甚平大哥，"沙奇紧紧握住甚平的手，继续说道，"我们大家会尽量照顾好老爹的。"

"嗯，那我就先告辞了。"

"一路顺风！啊，对了。如果有这个新人的消息，还请务必告诉我们一声。"

"嗯，我会多加留意的。这个年轻人居然拒绝了七武海的位置，跑来新世界闯荡……"

这种人会有什么样的想法，做出什么样的事情，是任何人都猜不到的。

波特卡斯·D. 艾斯。

甚平反复念叨着这个名字，纵身跃下了甲板。没多大会儿，他那壮硕的身躯便消失在了汹涌的波涛中。

第1话

1

将这颗蓝色星球一分为二的环状陆地,被人们称为"红土大陆"。而以李维斯山为交点,与"红土大陆"相交的航道,就是传说中的"伟大航线"。

整个世界被"伟大航线"与"红土大陆"分割成了四等分,也就是众所周知的东南西北四大海域。而这四片海域,又被包夹在无风带中的"伟大航线"隔绝开来。如今的这个世界,说白了就是由作为中轴的"伟大航线",以及东南西北四大海域构建而成。

在距今大约 800 年前——

根据历史文本的记载,在空白的 100 年中,有一个巨大的王国,被另外 20 名国王以及他们的氏族所毁灭。这些国王创建了全新的世界政府,自称天龙人,并迁居至玛丽杰尔。

与这一事件相关的信息,主要来自著名历史学家的假设,以及被逐出圣都之人的口述——但他们提供的说法简直是五花八门,所以根本无从查证谁的说法才是正确的。至于纸质文献,则早已在岁月的流逝下腐烂风化,只有被刻在石头上的文字还在无声述说着那段神秘的过去……

而现在,在特权统治阶级天龙人麾下,身为最高执行机关的"五老星",正利用以海军为首的军事力量统治世界。加盟世界政府的国家,通过履行按时参加"世界会议"的义务,来换取相应的权益和国家安全方面的保障。但在边远地区也有相当多的非加盟国和三不管地区存在。还有个别位于四皇领海内的世界政府加盟国,会同时处于政府和海盗这两大势力的双重支配下。

2

在这颗星球相对于李维斯山的另一侧，位于"红土大陆"与"伟大航线"第二交叉口的重镇，就是圣都玛丽杰尔。而在它的正下方一万米深处，通过一条漫长的海底洞穴，就能抵达从"伟大航线"前半段通往后半段的"新世界"入口——龙宫王国，也就是世人口中的鱼人岛。

*

整个龙宫王国都笼罩在巨大的泡泡中，位于岛屿一角的港口设施可以为船只提供潜水功能的改装。国王尼普顿的宫殿就坐落在它上方那个稍微小一些的泡泡中，有一条长长的回廊横跨在宫殿与鱼人岛之间。

"我还是头一次见到这样的景观……实在太美了……不过……"

戴着面具的男子一边奋笔疾书，一边小声嘟囔道。

来自橘黄色夕阳的光线——有些暗淡。

高度在万米以上的阳树伊娃，用自己那粗壮的树干，把阳光送到了深海。不仅能以特殊的树液形成黏性的泡泡，还能为这里的居民们提供光照和氧气。珊瑚、植物，乃至森林——都生长在这个位于海平面下一万米深处的特殊生态圈里。能在水下呼吸的鱼人自然不必说，甚至连我们这些普通的人类，也可以在这里生存！

"'太美了，但是好恐怖。''活在鱼缸里的鱼，大概就是这种感觉吧'……"

"谁让你看了，沃雷斯？"

听到有人在身后念自己写的内容，面具男似乎很害羞地收起了他的笔记本。

"又在写冒险传记了？倒是让我再多看几眼嘛丢斯，我正在跟米哈尔老师学写字呢。"

沃雷斯是个好奇心极其旺盛的家伙，虽然那些鱼鳍看起来很显老，而且蛮吓人的，但身为鱼人的他，其实还只是个少年。

"看不出来你还挺好学的。不过这些写作大纲可不是能随便拿给别人看的东西，别急，我待会儿就去书店买一本适合现在的你看的冒险传记。"

"书这种东西在鱼人岛上可是很贵重的，毕竟很快就会湿透没法再看了。"

"原来如此，这种设定也相当有趣呢。"

面具男——玛斯库德·丢斯赶忙把刚得到的新灵感写在了笔记本上，他的梦想是将来写出一本像鲁伊·阿诺特笔下《骗子们》那样的海洋冒险小说。

"总而言之，能够平安抵达就已经算是万幸了。据说那些试图来到鱼人岛的船，有七成都沉在了半路上。"

"你的故乡实在太美了，难怪会有那么多海盗不惜豁出性命也要前仆后继地潜入万米深海之下啊。"

丢斯他们的海盗团之前一直沿着"伟大航线"冒险，在大闹香波迪群岛后为船只完成了镀膜，并最终顺利潜入海底。

结束这次失败率高达70%的航海后，他们的斯佩迪尔号驶入了鱼人岛的港口，这可以说全都是托了当地原住民沃雷斯的福。

"不过我的老家其实并不在这里……"

"嗯？附近还有其他岛屿吗？"

"在来的路上，不是看到过一条巨大的船沉在海底吗？那艘巨无霸叫'诺亚'——"

巨大的沉船旁边，有一座被包裹在泡泡中的贝壳岛，据说当海盗和小偷的不良鱼人大都盘踞在那里。

"贫民窟吗？果然所有国家都一样。那个叫什么太阳的……鱼人海盗团也在那里吗？"

"嗯，大部分船员都出身于贫民窟，他们是我们这些臭小鬼的英雄。不过那里可不是人类能去的地方，贸然前往无异于自寻死路。"

曾经与海军总部交恶，并被称为"人类之敌"的太阳海盗团，至今还仍然留在人们的记忆中。

人类与鱼人之间的关系非常恶劣。

人类将身体素质远在自己之上的鱼人们视为一大威胁，而部分鱼人也将人类作为低等生物看待。占据了绝对数量优势的人类，一直都在世界政府的引导下对鱼人进行区别对待。

随着大海盗时代拉开序幕，众多试图前往新世界的海盗纷纷涌入鱼人岛，继而爆发了大量的绑架案。而这帮畜生之所以绑架年轻的鱼人女孩，纯粹只是为了去奴隶市场卖个好价钱而已。

初代船长鱼人族英雄费雪·泰格死后，太阳海盗团仍然在进行活动，直至几年前第二代船长"海侠"甚平被世界政府收编至王下七武海——据说这使鱼人岛变得比过去更加开放了，但人类与鱼人以及人鱼之间的关系，实际上并未得到任何实质上的改善。

总之鱼人岛并不是一个海盗能久留的地方。

"丢斯老大。"

又一个船员走了过来，这家伙脸上戴着骷髅面具，身上穿戴着各式各样的骸骨装饰品，乍一看给人一种毛骨悚然的感觉。

"斯卡尔。"

此人名叫斯卡尔，兴趣是收集海盗周边，会偷摸跑到自己中意的海盗船上，是个以边给海盗团打杂边冒险为兴趣的奇葩。他有着极其丰富的与海盗相关的知识，同时还是个能力不亚于记者的情报通。

"航行用物资的调配已经完事了,这帮鱼人比我想象中要好相处得多,就是要价太高了些。"

"别忘了咱们可是正在一万米深的海底啊,多花点钱也是无可厚非的。其他人呢?"

"那帮家伙全都跑到'美人鱼咖啡店'去了。"

"那帮色鬼……"

丢斯深深地叹了一口气。

提到鱼人岛,自然不能少了美丽的人鱼。无数男人都是怀着和美艳人鱼翻云覆雨的美梦,才赌上自己的性命,向这趟通往海底一万米的冒险发起了挑战。对于生死只在一线间的船员们而言,这里可是说是他们人生旅途上的终点,最后的伊甸乐园。

"居然特地组团跑到海底咖啡黑店给人家送钱……咱们的船长该不会也去了吧?"

斯卡尔欲言又止,"其实艾斯老大……刚刚还跟我在一起来着……"

"莫非……"

"嗯,又没影了。"

这家伙总是趁别人一不注意就不知道跑到哪儿去了,世上一般把这种人称为"走失儿童"。而且这家伙从来都认为"我在哪儿,黑桃海盗团就在哪儿!"——真是哪怕一丁点儿身为船长的自觉都没有。

3

鱼人岛上,层层叠叠搭建着众多看起来好像蜂巢一般的珊瑚居住区。日照条件更好的上层建筑,是专供有钱人们居住的夜巴里新城。位于下层的是供普通居民居住的集合住宅,不同阶级之间泾渭分明。

而某家位于下层,看起来档次并不怎么样的饮食店里,刚刚发生了一场小小的骚乱。

"那家伙是怎么回事？"

"居然吃着东西睡着了。"

店里的客人们一边小声议论着，一边看向柜台。

那是一位年轻的人类食客。

鱼人岛位于海平面一万米之下的海底，就算白天有阳光照射，水温其实也很低。但这个头戴牛仔帽的男人却赤裸着上身，下边也只穿了一条五分裤而已。要知道人类造访鱼人岛时，可是往往都穿着登陆冬岛时的厚衣服啊。

他的胳膊上还有文身。既然是造访鱼人岛的人类，那应该十有八九又是海盗了。

坐在柜台前的年轻人，脸完全陷在装着鱼料理的大盘子里，他手里那两把戳着鱼肉的叉子，完全凝固在半空中，已经半天都没有动过了。

"这……这位客人？"

女服务员战战兢兢地问道。

"噗哦？！"

男人一跃而起，赶忙观察四周以确认刚刚究竟发生了什么。

"嗯？"

看到女服务员后，他似乎想起了什么，随后一把抓起人家身上的围裙擦起了脸。

"唔！"

"这位美女，你是什么鱼人呀？"

年轻人抬起他那长着雀斑的脸，痞里痞气地对被自己吓了一跳的女服务员问道。

"我……我是鳗鱼鱼人。"

"美女，麻烦给我再来一份鳗鱼派，还有泡酒。"

"唔啊啊啊啊！"

身为鳗鱼鱼人的女服务员蠕动着她那细长的身躯，狼狈地跑回了

后厨。

"呼……哎呀呀……真头疼,居然睡过去了。"

年轻男人边说边挠了挠自己的头。

他这才发现自己已经成了店内所有客人瞩目的焦点。

他怎么会吃着饭就突然睡过去了呢?这人究竟得的什么病啊?

"啊,抱歉打扰大家用餐了。"

道完歉后,他又舞起手中的叉子,大快朵颐起来。

这个时机无比诡异的礼貌道歉,打了客人们一个措手不及,不过其实也没什么吧。大家纷纷这样想着,重新聊回了各自之前正在进行的话题。

"能吃饭吃到失去意识,这算怎么回事?"

"嗯?"

年轻男人抬起了头。

那个把装着鳗鱼派的盘子送到自己面前的人,已经不是刚才那位女服务员了。而是一位将长发束在脑后的男性,一看就给人十分精明能干的感觉。

"我船上有不少能打架的和擅长出主意的家伙,但有个问题始终都没得到解决。"

"怎么讲?"

"没有厨师啊。所以每次吃到这么好吃的东西时,我都会幸福得当场失去意识。"

"原来如此……谢谢你的夸奖。"

"话说老板,你是什么鱼人啊?"

"我是鲉鱼人鱼,顺便说一句,本店的鲉鱼已经售罄了。"

"这样——"

年轻男人说罢将表面插着好几个鱼头的鳗鱼派塞进了嘴里。

人鱼的下半身是由鱼类的躯体构成的。

"身为海盗,居然还敢单独跑到这里来,你的胆量可真不小啊,这位年轻人。"

刚上完菜的鲉鱼人鱼,正隔着柜台俯视面前的食客。

"有吗?啊,这个也很好吃——"

"你没听说吗?鱼人岛最近夜袭事件频发,别说人类海盗了,就连不少愿意帮助人类的鱼人也跟着遭了殃。"

"这可不太妙啊……嗯,鳗鱼果然很好吃。"

"喂……"

"你刚刚说谁夜袭谁来着?"

年轻人边嚼着鳗鱼派边问道。

"那已经是发生在很多年以前的事情了,我们龙宫王国的王妃乙姬大人惨遭杀害……"

鲉鱼人鱼边擦拭着玻璃杯,边讲述起了当年的那场悲剧。

距今大约200年前,鱼人和人鱼曾经被人类划分为"鱼类"。

龙宫王国通过不懈努力,总算成为世界政府加盟国,并获准参加那一届的世界会议。但是人类仍然非常讨厌鱼人,而鱼人们也因此拒不接受人类的存在。

乙姬王妃为了说服国民与人类共存,开始在国内四处收集大家的签名。

"乙姬大人认为鱼人岛必须设法与人类社会相互融合,然而她最终却死于反对者的暗杀……"

年轻男人瞥了一眼旁边的墙壁。

墙上赫然贴着一张通缉令,但那并不是由世界政府和海军发出的,想必是龙宫王国单方面派发的东西吧。

范德·戴肯,全国通缉。

"是他下的手?"

年轻男人用眼神示意了一下通缉令。

"不……这家伙是因为犯了其他事才被通缉的。"

海上流传着这样一个传说。

那是一个风雨交加的日子,某个已经陷入癫狂的海盗船长,把自己的船员挨个丢下海淹死了。神因为他的非人行径勃然大怒,于是赋予了他永远只能徘徊在海底接受拷问的宿命。

"死人没必要穿金戴银,漆黑的海底让你万念俱空。去找吧!去找吧!沉入海底的宝藏通通属于我。我就是世界第一大富翁。船长邦达·戴肯。飞翔的荷兰人号——著名的海底幽灵船。"

"我也不清楚如今已经传到第几代了。身为鱼人海盗的那家伙,偏偏做出了吃下恶魔果实这种本末倒置的事情来。"

恶魔果实,据说是海之恶魔的化身。吃掉它的人会变成能力者,获得世间罕见的力量。有些人能化身为强悍的野兽与猛禽,有些人能把自己变成利刃或者炸弹之类的武器,更有甚者能把自己变成冰块火焰之类的自然现象。

"恶魔果实……吗……"

在服用恶魔果实并得到它那令人匪夷所思的力量之后,食用者必须付出惨重的代价,那就是被大海厌恶。具体来讲,能力者一旦落入海中,就再无法发动能力,甚至连浮在水面上都做不到。

"这也太诡异了……"

"不会游泳的鱼人,不诡异才怪吧。"

年轻的男人,看着通缉令上那个名为邦达·戴肯的海盗,笑了起来。

"被暗杀身亡的乙姬王妃,留下了三位王子和一位公主。而白星公主,遭到了邦达·戴肯蛮横无理的单方面求婚。"

"求婚?这个国家连求婚都是犯法的吗?"

"如果你单方面死缠着对方不放,自然就是犯法的。那个混账,甚至曾经多次试图伤害白星公主,以逼迫她同意自己的单方面求婚。"

详情暂且不表——总之不会游泳的鱼人海盗邦达·戴肯,正在利用自己的恶魔果实之力威胁龙宫王族。为了避免被他的能力所伤，年轻的白星公主已经被迫在名为硬壳塔的王宫建筑里藏身好几年之久了。

"这也太要命了……"

"毕竟世道如此啊……"

"国王在搞什么呢？那人肯定得有些本事才能当上国王吧？他连自己的女儿都保护不了吗？"

"看这个样子，只怕用不了多久就要爆发政变喽！"

年轻人拿起泡酒灌了下去。

"这种话可不能乱说啊，年轻人……"

擦拭着玻璃杯的手突然停了下来。

"我知道。我毕竟只是个路过的海盗而已，这里的事情，我可管不着。"

一边说着，一边把剩下的鳗鱼派整个塞进了嘴里，这家伙的食欲简直就像燎原的烈火一般疯狂。

"你刚刚说政变对吧？——只要那两个男人还在，这种事情就绝对不会发生。"

"那两个人是？"

年轻人眼神的变化表示他对此很感兴趣。

四周的空气突然凝固了。

这个身高六尺左右，年纪应该还不到二十岁的年轻人——脸上的雀斑，柔韧的躯体，都表示他还只是一个稚气未脱的少年。但任何人都不能因为他还年轻就轻视这个少年。

"其一是被你们人类称为'海侠'的甚平……他如今已经是王下七武海之一了。"

"七武海……"

"据说最近有个异常嚣张的新人海盗拒绝了世界政府提出的邀请。再说甚平本来就是鱼人解放运动大英雄费雪·泰格所率领的太阳海盗

团……"

"我对陈年旧事不感兴趣。"

年轻人把酒杯递过柜台，示意老板给自己再来一杯。

鲉鱼鱼人老板有些不悦，但还是给年轻人递过来的酒杯倒满了酒。

"另一个人又是谁？话说这座鱼人岛真正的支配者究竟是国王，还是七武海？"

年轻人注视着酒杯里泛起的泡沫，随口问道。

"爱德华·纽哥特。"

他的威名，可谓惊天动地。

"鱼人岛是四皇之一白胡子的地盘，国王尼普顿跟他是老朋友了，所以这个国家绝对不会爆发你所说的政变。"

老板的话音刚落，店里的客人就纷纷打开了话匣子。

"你没看到飘在港口上空的白胡子海盗旗吗！"

"我永远都不会忘记那一天！他老人家讲过那句话后，就在也没有人敢染指鱼人岛了！"

"白胡子用他的海盗旗和名声守护着这座岛！"

"相对于世界政府，我们更相信白胡子！"

鱼人食客们借着酒劲儿，纷纷抒发自己心中的想法。

按照鲉鱼鱼人的说法，在大海盗时代刚刚开始不久，爱德华·纽哥特造访了当时正因为海盗肆虐而混乱不堪的鱼人岛。

"当时还年轻的尼普顿对他关照有加。"

海盗白胡子为了报答当年同席推杯换盏的老友，决定在鱼人岛升起自己的旗帜。

曾经对鱼人岛予取予求的海盗们顿时被吓得浑身发抖，毕竟他们的对手突然变成了那个被誉为全世界最强的男人。

"白胡子怎么突然跟鱼人混到一起去了？！"

"臭毛孩子们听着！今后不许再糟蹋我朋友的国家！"

"今后鱼人岛就归我罩着了！"

简简单单的一句话，让鱼人岛终于得到了安宁。打这天以后，造访鱼人岛的海盗们只好遵守白胡子定下的规矩，远离一切抢劫与绑架之类的不法勾当，乖乖扮演好他们路过游客的身份。

"白胡子……吗……"

年轻人拿起手中的酒杯，将杯中的泡酒一饮而尽。

看他那架势，就像要把白胡子本人和杯中酒一起吞下肚似的。

"呼……谢谢款待。"

年轻人把已经空了的酒杯放在柜台上，起身离席。

"年轻人……能告诉我，你的名字吗？"

鮋鱼鱼人老板叫住了他。

年轻人回过头来，瞥向柜台。

"我就是你刚才提到的那个不知天高地厚的新人小鬼。"

"我叫波特卡斯·D.艾斯，就算你们不愿意，不久之后也会在这深深的海底再次听到我的名字。"

小店里突然安静了下来。

"艾斯……"鮋鱼鱼人老板轻轻念叨着这个名字，"原来你胳膊上的文身，是这么回事啊。"

年轻人抬起左臂向老板示意。

他的左臂上纹着 ASCE 的字样……字母 S 上面被打了一个大大的"×"。纹的明明是自己的名字，居然也能把字搞错……

年轻人——波特卡斯·D.艾斯无言地笑了。

那表情似乎在说，这种无聊的小事，就别问啦。

店里的食客们，也表情十分复杂地看向鮋鱼鱼人老板。

"阿拉丁……"

"真是个让人猜不透的男人，我完全看不出他究竟是胆大包天、愚昧无知，还是纯粹智商堪忧……"

这世上就不该存在听到海盗白胡子的威名之后，还不顿时浑身发抖的海盗。

更何况他还只是个正打算通过鱼人岛前往新世界的新人海盗。就算他是赏金过亿的强悍新人，应该也没胆量在白胡子的地盘上恣意妄为吧。

鲉鱼鱼人老板——鱼人海盗团的船医阿拉丁把双手盘在胸前，五味杂陈。

"这叫我该怎么跟甚平说呢？"

"啊！"

鳗鱼鱼人女服务员叫了起来。

"怎么啦？"

"刚刚那位客人……没付钱就走了……"

"哎？"

4

鱼人社会中，存在着一条不能将自身血液分给人类的法律。

总之就是不能输血，再说，人类原本就很厌恶鱼人的血液。

鱼人们的英雄费雪·泰格，据说就是因为人类拒绝提供输血而死去的。

而眼下，有一个地下组织正在暗中进行着活动。

在夜晚袭击人类，以及愿意帮助人类的鱼人，就是这帮家伙的"杰作"。

还有情报表示，陆地上一系列针对奴隶商店的恐怖袭击活动，也是出自这个组织的成员之手。

"带着成群的人类一起下地狱！"

"为英雄之名干杯！去死吧人类！"

像沃雷斯这样出生在鱼人街的孩子们，就是在这些恐怖分子说辞下逐渐长大成人的。

只要从事恐怖袭击就能成为英雄！于是想方设法让人类付出更多血的代价，成了他们唯一的目的。

"这是一场圣战！"

在这些人的叫嚣之中，试图促进人类与鱼人岛融合的乙姬王妃被暗杀了。白胡子的旗帜确实使得鱼人族不再遭受海盗们的欺辱，但鱼人自己的问题，似乎也被这面旗帜不知不觉中掩盖了起来……

"这个国家的太阳，实在太遥远了。"

仰望着高耸在面前的阳树伊娃，艾斯小声嘟囔道。

自己不过只是一个过客而已，没必要与这个国家发生太多瓜葛。只是……就算人们对潜伏在心中的怨恨视而不见，王妃在使命感的驱使下发起签名活动以改变国家的现有体制，事情也绝不会轻易就出现转机。

肉眼看不见的怨恨早已在不知不觉间蒙蔽了人们的双眼，扭曲了人们的内心。

名为乙姬的王妃，其实是被长年潜伏在鱼人们心中的怨念所杀。鱼人真正的敌人也并非人类，而是他们自己。

*

鱼人岛，港口。

"丢斯去采购航行需要的东西了。"

留守船内的米哈尔迎接了刚刚回到斯佩迪尔号上的艾斯。

米哈尔曾经是一名教师，他的年纪很大，船员们都称呼他为老师，他主要负责教不识字的船员们读书认字。大家曾经抱着试试看的心情让他使用来复枪，想不到他的枪法竟然相当精准。

"可真够他忙活的了，也罢，毕竟他本就是一个只有准备周全才会付诸行动的人啊。"

艾斯说着说着就笑了。

这个玛斯库德·丢斯，可是个就算被冲到无人岛上，也只会在收集好淡水，储存够食物，制造出船只，并确认天气晴好之后，才肯正式下海逃生的谨小慎微之人。

"在我看来，只是艾斯船长行事太过随性罢了。"

"当真如此吗？那我们两个搭配在一起岂不是刚刚好？话说其他人都哪儿去了？"

"都跑去'美人鱼咖啡厅'恶补成年人的知识了。"

"啊，原来如此！这帮家伙真是的，怎么没叫我一声呢——"

艾斯明显对自己的船员不是太满意。

"他们说过，万一船长去了，肯定会瞬间俘获所有人鱼妹子的芳心，到时候就没劲了……斯卡尔独自去打听海军的动向了……"

"海军？"

"这座鱼人岛上聚集着众多来自各方的情报，在我看来，世界政府绝不会轻易放走拒绝了七武海位置的重量级新人。"

"七武海什么的，也太麻烦了……"

艾斯吐掉了一直叼在嘴边的牙签，随后轻轻叹了口气。

艾斯之前在香波迪群岛一口回绝了五老星关于让他加入王下七武海的邀请，顺便还击败了企图当场将他拘捕的海军中将。这个级别的军官战败，并不至于让海军威严扫地，但上面那帮大人物怎么可能甘心就这样被一个新人海盗狠狠打脸呢？

唰！

有什么东西一下子跳到了甲板上。

野兽——确切地说是只大猫。看着跟豹差不多大小，属于种类相当稀少的猞猁。把自己弄得满脸是血的它，嘴里正叼着一条长相骇人的深海鱼。

"咕噜噜噜噜…………喵。"

"哦,柯达兹,你弄到一顿美餐呢。"

嘴里叼着怪鱼的猞猁走了过来,轻轻依偎在艾斯的身边,艾斯则伸出手轻轻挠起了它的下巴。柯达兹很快就发出了心满意足的咕噜声。

至于它正叼在嘴里的那条鱼,究竟是在港口捡到的呢,还是实在没有客人肯买,才被鱼人渔夫丢给它的呢?

柯达兹是在航海途中被艾斯捡回来的,它当时中了专门捕捉奇珍异兽的盗猎者布下的陷阱,是艾斯出手救下了它。大概是因为曾经掉入过陷阱的缘故吧,身为猛兽猞猁的它变得相当神经质,但唯独喜欢亲近艾斯。只要天气一冷,这家伙就会整天地粘在艾斯身边。

"今天的晚餐有着落了。"

米哈尔看着柯达兹叼着的深海怪鱼,轻声说道。

"大妈特制的海盗火锅吗?"

"嗯。"

"话说起来,招募厨师的事情进展如何了?有找到合适的人选吗?这可是咱们黑桃海盗团最大的弱点,必须尽快设法改善才行。"

"弱点……是指饭菜难吃的问题吗?"米哈尔擦了擦眼镜,"大妈的海盗火锅,怕是连正经饭菜都算不上吧……"

两人口中的大妈——指的正是豪爽的女海盗班西。眼下船上还没有厨师,她只好勉为其难接下了做饭的任务,但班西实在不擅此道,做出来的东西往往半生不熟,调味也只是凭感觉撒点盐进去而已。至于成品的味道,自然也就让人不敢恭维了。

"实话说,就连山贼吃得都比现在的咱们要好……"

艾斯想起了自己在科尔波山渡过的童年时代。

"海上能用的烹调手法本来就比陆地上少得多,船上又往往都是些不善于照顾自己的男人。更何况大妈又不是咱们的老妈,人家本来就

没有义务照顾咱们的饮食……"

"而且凡是敢埋怨东西不好吃的家伙都会被饭勺狠狠招呼……啊，大妈我错了。谢谢你做饭给我们吃。"

就在艾斯口头感谢并不在场的大妈时，下面传来了呼喊声。

丢斯正站在码头板着脸看向艾斯，斯卡尔也跟他在一起。

"你又跑到哪里溜达去了，艾斯？"

"吃东西啦，吃东西！"

艾斯纵身跳到了码头上。

"也罢……把东西装好后尽快启航吧。"

"等等，我还没去过'美人鱼咖啡厅'呢。"

"那就不用去了。"

丢斯一把抓住艾斯的脖子，他已经派沃雷斯去叫那帮跑去"美人鱼咖啡厅"的白痴们了。

"你就让我去呗，我也想见识下美人鱼啊——"

"人鱼这东西，只要你想，随时都能看到好吗？海军已经有所行动，追兵快到了。"

"……不是吧？"

"骗你干吗？"

丢斯说罢从怀里摸出一张纸来。

"不问生死！波特卡斯·D.艾斯！"

那正是海军最新发布的新版通缉令。

"个，十，百，千……"

"这才多久啊，就过亿了。我看应该是因为你拒绝了七武海的位子吧，世界政府是绝不会允许有人这样驳自己面子的。"

政府通缉犯的悬赏金额，并非完全与被悬赏者的实力成正比。按照现存的一种说法，它实际上所代表的，是通缉犯对世界政府的威胁程度。在正常情况下，相对于在边境地区活动的海盗，肯定是身在"伟大航线"的海盗赏金更高。尤其是那些敢跟世界政府对着干的危险分子和曾经加害过天龙人的家伙，更是会被政府冠以天价赏金，以警示世人。

"哈哈……"

"这可一点都不好笑。"

丢斯的表情变得越发沉重了。

"不好笑吗？我倒是觉得相当有趣呢。"

"唉……我还不知道你吗……"

丢斯很清楚，事到如今，就算再怎么磨嘴皮子也毫无意义，索性就放弃了。

他和艾斯齐心协力，逃出位于东海的死亡无人岛西克西斯，并共同组建起了黑桃海盗团。

而如今，黑桃海盗团的名声已然传遍四海。船长艾斯的赏金，就是最佳的证据——这也可以算是对他迄今为止整段人生的评价了吧。

这意味着他作为一名新人，名声已经足够响亮了。

设法打响知名度的阶段已经结束，接下来……就看他能否在这个只有真本事才算数的新世界里战胜来犯的强敌，继续书写属于他自己的传奇了。

丢斯的内心十分不安，可以说他做的所有准备，都是为了用来平复内心的不安。但艾斯对于完全未知且无比凶险的前路却从不曾有过一丝一毫的迷惘。他像太阳一般，理所当然地燃烧着自己，照亮着身边的一切。所以艾斯才会成为丢斯的——黑桃海盗团所有成员们的——

"喂？！"

丢斯情不自禁地喊了出来。

艾斯正仰头注视着飘扬在鱼人岛港口上空的那面旗帜。

上面绘制着"白胡子骷髅"的海盗旗。

"今后鱼人岛就归我罩着了！"

自从四皇之一爱德华·纽哥特撂下这句话后，再也没有海盗敢染指鱼人岛。而艾斯，却毫无惧色地抓住了象征着白胡子当年那句豪言壮语的巨大海盗旗。

"快放手，白痴！"

丢斯不假思索地向艾斯喊道。

"不要进行这种莫名其妙的挑衅……何必刚刚来到新世界就急着四处树敌呢？"

"不想跟我一起来的话，就尽管留在这里好了。"

"唔……"

"尽管去追那些漂亮的美人鱼吧……我一向都是来者不拒的……就连那些不是海盗的家伙，我也都收留下来了，但从今天起……我将展开一场向海盗'巅峰'发起冲击的航海。所以今后的黑桃海盗团，需要的自然也只有那些拥有斗志的成员。莫名其妙……连区区四皇都不敢超越，还提什么狗屁'巅峰'呢！"

嘭——

艾斯的手心凭空燃起了烈焰。

恶魔果实能力者——自然系"燃烧之果"。吃下这颗果实的人，可以将自己化为熊熊烈焰。

"……我明白你的意思。不过还是算了吧，艾斯。"

"老大，你要是真的把这面旗烧掉，可就相当于直接向白胡子海盗团的十几位队长和他们麾下的几十个海盗团正式宣战了。"

面对来自丢斯和斯卡尔的忠告，艾斯表示：

"白胡子手下原来有这么多人啊？"

"总战力多达好几万人呢。"

"这就是'巅峰'吗……"艾斯手中的火焰渐渐熄灭，"我要扬起自己的旗帜，扬起属于咱们黑桃海盗团的旗帜！新世界，我们来了！"

烈焰再次燃起。

艾斯手中的烈焰——转眼就将白胡子的海盗旗化为了一团火球。

沃雷斯也刚好带着之前跑去美人鱼咖啡厅的同伴们一起回来了，大家都抬头看着已经化身为烈焰的船长，尽管他们脸上的表情各不相同，但没有哪怕一个人露出过半点惧色。

"唉，干吗非要把自己往绝路上逼呢？"

丢斯马上开始向船员们发号施令，争取赶在事情闹大之前离开鱼人岛。

"到了新世界后，老大你打算先做些什么呢？"

斯卡尔问船长。

"当然是要先打个招呼了。"

"既然老大你这么说了，那八成是打算先干一票大的打响知名度吧？"

"你就等着瞧好吧，斯卡尔……我向你们保证，用不了多久，那些常年高高在上的四皇，就将再也无视我波特卡斯·D.艾斯的名字！"

那是如同烈焰一般熊熊燃烧着的野心——听到船长这番激动人心的发言后，斯卡尔狠狠地点了点头。

"出发吧，前往新世界！"

让波特卡斯·D.艾斯这个名字燃遍整个新世界。

那是在艾斯内心深处不停摇曳着的憎恨——针对已经被世界政府处以极刑的全世界最凶恶罪犯——高路德·罗杰的恨。他始终都对那个连见都没有见过，却一直让自己深陷在痛苦中的亲生父亲，有着一种莫名其妙的逆反心理。这是他内心中最为丑陋，最让人不忍直视的黑暗。他多么想用自己的烈焰，把这一切都化为灰烬……

随即艾斯的手就化为了烈焰。

艾斯必须让自己的名声比当年的海盗王更加响亮，响亮到足以改变整个世界，甚至足以在整个世界掀起革命。他必须成就一番伟大的事业，否则就会被潜藏在内心深处那份对于亲生父亲，以及对整个世

界的恨意彻底压倒……

"要无怨无悔地活下去。"

他已经对自己左臂上的文身发过誓，所以绝不能在半路上停下前行的脚步。

第2话

1

深层海流——据说这种在冲撞完"红土大陆"后深深潜入海底深处的海流，每在海面与海底之间往返一次都要花掉多达2000年的时间。怪物，诅咒，死者的亡魂，人类的寿命，以及与人类活动相关的国家和传承，在大海面前显得是那么渺小而卑微，也正因为如此，人类才会始终将大海视为恐惧的对象。

穿过鱼人岛的海底洞窟后，就来到了这个球形世界的后半部分。

驾船冲进上升海流，从深海海域前往薄明层。从一千米左右的深度继续上浮时，之前一直稳定在零度左右的水温会出现剧烈的变化。这意味着我们已经抵达了温度跃层——也就是受光层，镀了膜的海盗船再次隔着泡泡沐浴在太阳的光芒中时，船员们才终于开始期待着摆脱伴随了一路的恐怖水压，同时再次回想起当年促使自己投身海上冒险的那些东西——心中对于未知的向往与不安，而这一切又很快都变成了一股无法用语言形容的兴奋。

毕竟这道光芒的尽头就是新世界啊。

即便死亡率高达70%，海盗们仍然不畏险阻来到鱼人岛，有绝大部分都在抵达新世界后，迅速发出了如下呼喊：

我还不想死！我好想回到那个曾经的乐园去！

*

画着头戴防风镜骷髅图案的烈焰海盗旗正迎风飘扬。

斯佩迪尔号终于沿着位于万米深处的海底洞窟，穿过了"红土大陆"。

"好想吃海藻焦糖布丁、海藻果子挞，还有海藻蛋奶酥啊！"

"你们以为自己是小姑娘吗？"

看着眼前这帮大老爷们儿面对正散发着诡异气味的深海鱼火锅，怀念起有着十足少女情怀的"美人鱼咖啡店"，艾斯不禁叹了口气。

"可是船长！人鱼那曼妙的歌声，还有美味可口的饭菜……"

"你们还是多学学柯达兹吧！"

"咕噜噜噜噜……喵？"

分到深海鱼头部的柯达兹，已经开始抱着那个样貌怪异的大脑袋嘎叭嘎叭啃起来了。

"你们知道这火锅是用谁的火煮出来的吗？"

"当然是船长的火了，我们知道错了，谢谢船长。"

斯佩迪尔号的厨房里，正摆着一口刚刚煮沸的大锅。

木柴在船上属于极其贵重的消耗品，同时由于存在着可能引起火灾的风险，所以必须大大加以重视。但对黑桃海盗团而言，完全不需要为这方面的问题担心。毕竟他们的船长可是"燃烧之果"的能力者，所以做饭的时候只要船长发动下能力，就能直接解决生火的问题了。

"味道与猫食不相上下又如何？光是能在海上吃到热乎的饭菜，就已经很谢天谢地了好不好……"

"你这并不是在夸奖别人啊，艾斯……"

"大妈我错了。"

大妈班西见状，直接把两颗铁球撞得叮当作响，船员们顿时个个眉开眼笑，边赞叹着"真是太好吃了"，边争先恐后地捞起锅里的东西送进嘴里。

"艾斯……关于刚才的事……"

丢斯小声说道。

"嗯？怎么了？"

"你是真的打算去和那个男人碰面吗？"

丢斯刚打算和艾斯谈谈正事，负责盯梢的人就一溜烟冲进了食堂。

"船长，有敌人来袭！！"

"来得好！"

艾斯仿佛就等着这句话一样，唰地一下站了起来。而船员们则生怕抢不到自己的那一口东西，争先恐后地围到了那口大锅的旁边。

"听好了，杂鱼无视就好。咱们这次的目标，是能划拉过来给咱们当厨师的家伙！"

"收到！"

黑桃海盗团的成员们异口同声地回应道。

*

海平面尽头，某座岛上正雷雨大作。

明明还是白天，那一带却乌云密布。新世界的海域，远比"伟大航线"要来得更加凶险。时不时就会有火山弹落在海面上，飓风所蕴含的能量更是数倍于普通海域，足以轻易毁灭一切它所遇到的障碍。光是在这片海域航行，就不知道要多少条命才够用。

"好汉饶命啊！我们真的只是在回去的路上不小心碰到你们而已！"

头上戴着船长帽的男人，趴在艾斯的脚下哭着说道。

"你们连我们的海盗旗都没仔细确认过吗？还是说明知我们是黑桃海盗团，还敢故意跑来找茬？"

丢斯代替船长向战败者问话。

"不不不！不知道！我们只是想抢了你们的船……"

"——不成啊，艾斯老大！他们这帮家伙的船舱里什么都没有！"

刚刚回到甲板上的斯卡尔向艾斯如实报告。

"如此看来，身在新世界的海盗们，果然混得都很惨哪。"

艾斯明显很不爽，看来这次他们又没能找到可以挖墙脚的随船厨师。

"这艘船相当破旧，光是还能浮在海面上，就已经相当不可思议了。就算带上它一起走，也只能当成一堆破木板用用而已。"

这是黑桃海盗团进入新世界以来遇到的第……应该是第三次袭击了，但所有敌人都是在开战前就已经狼狈不堪，所以根本没有多少战斗力可言。

"所以我们真的只是打算抢了你们的船回去而已！回到那个属于我们的乐园去！给我们这些前辈一个面子，放我们走吧，行吗？"

既然能说出"回到乐园去"这种话来，也就意味着他们当初应该在"伟大航线"的前半段混得相当不错吧。

"啊——好好好，知道了。尽管带上手下们回去吧，这位前辈，我不会为难各位的。"

艾斯抬起手，摆出了一个手枪的造型。

"话……话说，你愿意把我们收为手下吗？索性让我们加入你的海盗团吧，只要有兄弟们一口饭吃就行，这可是双赢的买卖啊……"

嘭——

从艾斯指尖射出的火焰子弹，穿透了这帮丧家犬的海盗旗，那面破烂旗帜转眼就化为了灰烬。

"还不明白吗？我对你们的旗帜不感兴趣。"

艾斯发出指示，命令手下们开始撤退。

"看来这种事在新世界应该很平常吧……"丢斯小声嘟囔道，"支配者傲视群雄君临天下，被支配者想尽办法苟延残喘，而被拒之门外的弱者只能失去一切滚回老家。"

"真是太有趣了。"

"继续刚才的话题，你是真的打算去跟四皇碰面吗？"

"我曾经拿这种事情开过玩笑吗？"

"还太早了！'红发'杰克斯那可是——"

红发杰克斯，如今已经可以算是大海盗时代的代名词之一了。他和世界第一大剑豪——鹰眼米霍克之间的决斗，早已传遍四海。即便只剩下一条手臂，也足以与白胡子爱德华·纽哥特，大妈夏洛特·玲玲，以及百兽凯多并列新世界四皇之位。

"连世界政府都是这样评价他的哦。"

——绝不能轻易激怒红发。

同时当然也存在着，绝不能轻易违背白胡子的仁义，绝不能轻易惹大妈不高兴，以及凯多的存在就等于恐怖之类的说法。至于这些情报的具体来源就不清楚了。

"据说这个红发，还曾经是海盗王当年的船员之一呢。"

如果说成名已久的白胡子、大妈是来自上个时代的老资格海盗，那红发和百兽凯多应该就算是新生代海盗的代表性人物了。而红发杰克斯，据说还是高路德·罗杰那艘奥罗·杰克逊号上的船员之一，也就是当年海盗王的直系手下。

"还有这种说法……"艾斯接着丢斯的话说了下去，"红发不久之前，在东海失去了左臂。"

杰克斯曾经在位于东海的某个小村子逗留过一段时间，还在当地的酒吧跟山贼起了冲突。山贼头目不仅把海盗贬得一文不值，更直接把酒泼在了红发的脸上。

"你觉得红发会怎么做？丢斯。"

"我看那个山贼怕是活不成了。"

"错。据说红发笑着向那个家伙道歉来着。"

"不会吧？"

但是这场骚动，并未以红发的道歉结束。红发在村子里认识的一个小孩，被那帮山贼给盯上了。这孩子非常崇拜海盗，看到海盗被说得如此不堪，他怎么都咽不下这口气，单枪匹马跑去找山贼干架。而红发和他的同伴们，在得知那孩子被山贼抓去，还饱受虐待之后，立刻三下五除二就把山贼团给搞定了。

"就算被人把吃的东西或者酒泼在脸上,我基本上都能一笑置之。但是,无论出于什么理由,我都不能容忍其他人伤害我的朋友。"

据说红发当时是这样对那些山贼们说的。

"老大,这些情报你是从哪儿打听来的?连我都是头一次听说啊。"

"艾斯……你,你该不会曾经跟红发见过面吧?"

丢斯毕竟是东海出身,而且他们两人的初次邂逅也是发生在东海。

并不仅仅如此而已,艾斯的亲生父亲,正是海盗王高路德·罗杰——尽管整个黑桃海盗团内得知这一真相的只有丢斯一个人而已。如果红发真的曾经是海盗王手下的船员之一,那对于杰克斯而言,艾斯就相当于是已逝船长的遗孤,这样两人的会面自然也就水到渠成了。

"才没有呢,"艾斯摇着头回答道,"我可没跟他见过面……但我确实想见见他。不过跟海盗王什么的无关,我只是想见识见识那个在大海盗时代一路爬到四皇宝座上的男人而已。顺便问问红发,他究竟都做了些什么,才得到今天的这种地位……"

跟他当面聊过后,说不定就能找到如何让黑桃海盗团的旗帜飘扬在通往新世界必经之路——鱼人岛上空的窍门了。

"我也明白你并不是只会一味蛮干……但对手毕竟是四皇之一啊。这可绝不是随便想见上一面,就能轻易见到的人物。"

盘踞在新世界的海盗,跟"伟大航线"前半段的那些海盗,差距实在太巨大了。

首先,海盗团的规模就不可同日而语,比如白胡子海盗团吧,以首席船长爱德华·纽哥特为首,光是他个人直属的十几名队长,以及他们手下的一票精英队员,战力就多达上千人。再加上其麾下的另外几十个海盗团,总战力多达数万,所支配的领海更是广袤无边。也只有如此庞大的领海所提供的巨额收入——才足以支撑得起规模这么庞大的白胡子海盗团。

正常交易，分配港口工人，当地饮食业的总管，赌场东家，娱乐行业的经理，各个行业的保镖打手，武器走私，甚至为陷入战争的国家提供雇佣兵……总之领海内的一切经济活动都与白胡子海盗团脱不了干系。光是升起一面四皇海盗旗所需要缴纳的保护费，怕是就要好几亿贝里，甚至更多……

至于新晋海盗，在他们进入新世界后，必须做的第一件事就是去拜访四皇。一旦成功加入四皇麾下，即可高枕无忧，至少在正常情况下是这样。

"艾斯，咱们迄今为止还没拜访过任何一位四皇。你要是就这样愣头愣脑地跑去找他们的麻烦，可是无论有多少条命都不够糟蹋的啊……"

"斯卡尔……你知道红发现在人在哪儿吗？"

"喂，你听没听到我的话啊艾斯？"

"红发杰克斯的话，我刚好知道……"

一直趴在地上的那个废物船长突然插嘴说道。

"红发的行踪相对于另外三位四皇而言，相当飘忽不定。不过他最近正在以某座岛屿为据点进行活动……"

随后他就说出了那座岛的名字。

"你可别编瞎话唬我们啊……"

"那个，丢斯老大。其实我掌握的情报中，也出现过这座岛的名字。"
斯卡尔说道。

"有种就去吧，但是去了就别想活着回来了！红发对自己人那确实没的说，但对外人他可是从不手软！像你这种不讲规矩的臭屁小子，他才看不上呢！啊哈哈哈！"

对人生彻底失去信心，甚至已经放弃重返故乡的落魄船长，留下了他那恶毒的诅咒。

2

"伟大航线"上存在着春夏秋冬四种岛屿，而它们又有着属于各自的四季，也就相当于存在整整 16 种季节。据说夏岛上的夏天要比平常更加炎热，冬岛上的冬天要比平常更加寒冷。春岛上的春天更加生机盎然，秋岛上的收获自然比平常要更加丰盛。而"红土大陆"，实际上就是这四种岛屿的连贯版本。它们的气候与纬度毫无关联，只会随着岛屿本身的属性变化而变化。

冬岛的一座洞穴前，上面画着三道伤疤骷髅图案的海盗旗，正在迎风飘扬。

"今天好像暖和了不少嘛。"

"真稀奇，外面居然下起雨夹雪来了。"

看着落在冬岛地面上就开始融化的雪花，副船长范·贝克曼回了他们的红发船长一句。

"根据我的经验，这种日子往往不会发生什么好事。咕啾咕啾……"

"可快给我闭嘴吧，要知道你的乌鸦嘴那可是相当灵验的。"

长着一张大圆脸的幸运·鲁边啃着手上的大骨肉，边调侃了梳着大背头的同伴一句。

既然已经位居四皇之一，那当然要在岛上建起属于自己的宫殿，然后整日酒池肉林……估计很多人都是这样想的吧。当然四皇中确实也有人就这样做了——大妈海盗团的船长夏洛特·玲玲就是如此。这位老奸巨猾的女海盗，总共有 43 个丈夫，46 个儿子和 39 个女儿。她驾驭着这个有着 129 名血亲的庞大家族，以政治联姻的手段控制了整片万国海域，而自己则坐镇蛋糕城，整日与各种零食糕点为伴。

至于杰克斯，则乘着他那并没多大的红色势力号，和精挑细选的伙伴们一起，在海面上四处为家。

该开始准备午饭了。

正当大家纷纷带回猎物，准备开始一场海盗宴会时，洞穴外面传来了一阵骚动。干部们围坐着的篝火，也仿佛受到了感染一般，突然间烧得更旺了。

"抱歉，打扰到各位举办宴会的雅兴了。我被美食散发出的香气所吸引，不知不觉就……"

突然现身的，是一个年轻男子。

他上身穿着一件大衣，下面却穿着一条五分裤。他怎么以这样一身打扮，跑到这白白皑皑的冬岛洞穴来呢？别看他全程徒步而来，但身上却连一片雪花都没有……

"刚刚那阵骚动就是因你而起的对吧？"

红发和麾下的干部们似乎知晓来访者的身份，所以并未起身，只是坐在原地用目光迎接陌生人的到来。

"我知道这小子。"

"是'火拳'……那个拒绝七武海位子的新人。"

"抱歉老大……这小子突然出现，说什么想跟你打个招呼……"

负责在外面盯梢的新人，怀着歉意进入洞穴汇报刚刚发生的事情。

"你想跟我……打个招呼？"

杰克斯拿起一块木头，丢进了篝火中。

火苗瞬间摇曳起来——但很快又重新归于平静。

霸气。

这是恐吓，但年轻男子却堂堂正正地接下了杰克斯这一招。

不错，果然并非那种才这点程度就当场口吐白沫的货色。

"不不不……我绝不是那个意思！"

年轻男子——"火拳"艾斯连忙辩解道。

"我道歉！我真诚地为自己的冒昧来访向各位道歉。初次见面，我并无恶意！"

艾斯一边嘴上说着，一边把右手掌心朝上，示意给围坐在篝火旁的一行人。

他这突如其来的行动，让杰克斯觉得有些摸不着头脑。

围坐在旁边的干部们自然也是面面相觑，现场气氛略显尴尬，甚至还有人开始小声偷笑起来。

"这自然好说……那咱们就坐下来好好谈谈吧。"

杰克斯无奈，只好也像艾斯那样，展示出了右手的掌心。对于在道上混的人而言，这是"今天不动刀动枪，心平气和地谈一谈"的意思。

这套流程很符合道上的规矩，但就是太过老套了一些。事到如今，这种做法其实早就不流行了。

"你……不对……我想想，我……本人名为艾斯，生于南海巴特利拉，长在东海，世间称我为"火拳艾斯"，眼下刚到新世界不久，所负赏金为……为……多少贝里来着？"

"我哪知道——"

"简直一塌糊涂……"

干部们疯狂吐槽艾斯的自我介绍。

"本人初来乍到，还望各位前辈多多海涵！还请各位听好了，本人……这就为各位介绍我的老大……"

"除了你这里还有其他人吗？"

范·贝克曼一针见血地问道。

"啊……还真就只有我自己，毕竟总觉得来太多人不好……"

"喂喂喂，你还真有种啊。"

"所以，你这演的究竟是哪一出？"

杰克斯脸上挂着一种特殊的笑容看向艾斯，而手则始终扶在剑柄上面。一旦眼前"客人"做出什么可疑的举动，就将瞬间死在他的剑下。

艾斯稍微思考了一小会儿……但果然还是觉得以自己的智商肯定没戏。索性直接放弃思考，抬起手挠了挠头。

"唉——尽管来之前已经按照卷乃教的练习过好多次了，可我果然

还是学不来啊——"

"卷乃……"

这个名字，让在场的各位干部和杰克斯本人都愣了一下。

艾斯随即拿出一样东西，递了过来——

"酒……？"

"这是养育我长大的东海出产的酒，卷乃说过，可以用这东西来跟海盗打招呼……"

杰克斯伸出手——接过了艾斯递过来的大酒壶。

随即拔掉木塞，仰起头就灌了一大口下去。

"就是这个味道！真是太让人怀念了！"

干部们也叽叽喳喳地轮着喝起了艾斯带来的酒。

既然酒已经被他们喝下了肚——那自己应该就不至于突然身首异处了吧？

"你知道我当年曾经在东海短暂逗留过一段时间吗？"

"嗯，我听说过。其实我就住在位于风车村不远处的科尔波山，你们应该也听说过那里吧？我当年受过盘踞在那里的某帮山贼们一些照顾。"

"风车村……太让人怀念了。村长他身子骨可还硬朗？原来如此，卷乃的酒吗……"

"不，这只是我在进入'伟大航线'之前，在罗格镇的店里买的酒而已。"

"喂喂喂，快把我们刚刚的那份感动还来！"

"不过当初出海的时候，卷乃她确实有送过我一瓶酒。但我半路上遭遇了海难，人直接被冲到了无人岛上，酒自然也不知所踪了……"

"这可是新人海盗们必经的关卡之一啊！"

"听你小子这么一说，连我都想起自己当年的惨状了。"

艾斯的话明显勾起了沉睡在干部们心底那份青涩的回忆。

"只要卷乃她还平安，我们就放心了。"

"那姑娘肯定已经出落成一个大美女了吧，船长……"

"谁知道呢……"

面对已经沉浸在回忆中不能自拔的红发海盗团干部们，艾斯继续说道：

"我弟弟他总是提起自己的救命恩人，也就是你的事情，所以我就一直想着无论如何都要找机会当面向你道谢……"

"弟弟？"

"嗯，他叫路飞。"

那你干吗不早说？！

在场的所有人异口同声道。

"你是路飞的哥哥？！那小子原来还有哥哥在啊！你能来真是太好了！快跟我们讲讲你弟弟的事情！"

杰克斯把艾斯的肩膀拍得啪啪作响，顺便把他也拉到了篝火旁边。

开宴会喽！

3

所谓"一餐一宿，皆为恩情"。就算来者是无家可归之人，也该将其奉为客人好好接待，这姑且也算是为人处世的礼数之一了。

"你们还客气什么呢！咱们这开的可是宴会啊！"

"哟，你还养猫了？"

"来得好啊柯达兹，给大家表演一个钻火圈吧！"

"咕噜噜噜…………喵！"

逐渐聚集起两个海盗团的冬岛洞穴里，变得是越来越热闹了。刚开始还因为对方的四皇名号连大气都不敢喘一下的黑桃海盗团，在几杯酒下肚后，没多大会儿就放飞了自我。

"我明白了，敢情路飞是被交给山贼代为照看了对吧？"

杰克斯一边听着艾斯讲他们兄弟当年的趣事，一边拿起酒壶猛灌了一口下肚，脑海里顿时都是路飞小时候的模样。

"戈普爷爷当年还指望着将来让他成为一名海兵呢。"

艾斯笑着说道。

那个突然被丢给科尔波山山贼达丹照顾的臭小子，吃了"橡胶之果"的橡皮人……

"那个臭小子，还留着我交给他的那顶草帽吗？"

"当然了。他说那草帽比他的生命都重要。"

"这世上真的存在比生命更重要的东西吗……"

"他说是早就跟你约好了，将来一定要成为海盗王，到时候再亲手把草帽还给你。"

那个当年成天跟在红发他们屁股后面的小朋友，就是艾斯的弟弟路飞。据说杰克斯的左臂，便是在营救坠海的路飞时不慎失去的……

"真想不到那个臭小鬼居然是英雄戈普的孙子。"

杰克斯迟早都会知道这件事，毕竟他跟海军中将戈普之间本就有着一段很奇妙的缘分。要知道早在大海盗时代到来之前，相对于全体海盗的代表海盗王罗杰而言，象征海军最强战力的两个人，自然就只能是现在身为海军元帅的佛之战国，以及海军英雄戈普中将了。

"我们是结拜兄弟，而且早就约好了一到17岁就出海。"

"艾斯……你今年，多大了？"

听到艾斯给出的答案之后，这位四皇开始用手指头计算起来……

"——那路飞现在应该已经，我再算算……"

"他比我小三岁，所以应该也快出海了。放心吧，那小子很快就会追上来的。"

"真这样就好喽。"

杰克斯看着艾斯，露出了温和的笑容。

"你应该去过罗格镇对吧,那你想必也已经见过那东西了对不对?"

"你指什么?"

"处刑台。海盗王的殒命之地……同时也是大海盗时代正式拉开帷幕的地方。"

去找吧!我已经把这世上的所有宝藏,都放在那里了!

大海盗时代,随着罗杰死前那句对于"大秘宝"真实存在的宣言,正式拉开了帷幕。

当时还很年轻的杰克斯,其实就隐藏在搭设着处刑台的广场角落中。

"嗯?"

"嗯,见识过了。毕竟也算是罗格镇的一处名胜嘛……不过我跟路飞不一样,我对成为海盗王一事,没有任何兴趣。"

艾斯的情绪略显低落,他明显并不想在这里向杰克斯表明自己与罗杰之间的父子关系。

"是吗……"

"那……你又是为了什么而出海的呢?波特卡斯·D.艾斯。"

刚刚还举着酒杯开怀畅饮的副船长范·贝克曼开口问道。

"因为我们兄弟之间已经约好,到了十七岁就出海。至于那之后的事情,我并没怎么想过。我当时可能是想在海上找到自己的人生目标吧?不过,我现在已经下定决心要去完成某件事了。"

"说来听听。"

"那就是要让全世界都知道我的名字。"

以杰克斯的眼力,绝不会看漏当时在艾斯双瞳深处翻腾的幽幽冥火……

财富、力量,以及——

"名声吗……"

"高路德·罗杰……对于这个世界,不,对于你而言,可能是一个

活生生的传说。但于我而言,他不过只是一个死人罢了。毕竟早在我来到这个世界之前,他就已经被海军处死了。"

所以艾斯才对那个男人所拥有的称号丝毫不感兴趣。

"既然你对海盗王不感兴趣,又打算如何让自己名扬四海呢?"

"当然是四皇,"艾斯给出了自己的答案,"我打算先从四皇开始下手。"

热闹的宴会现场骤然腾起一股险恶的气息。

"哈哈哈!"

随着杰克斯的大笑,眼看就要急转直下的氛围,顿时得到了些许缓和。

"啊,你别误会。我没有要难为你的意思,毕竟咱们都已经按照江湖规矩来了,你又刚好是我弟弟的救命恩人。"

"那可真是太好了。不过……罗杰可曾经是我的船长啊。……我还以为现在的年轻人个个都无比崇拜当年叱咤风云的海盗王呢,看来事实似乎并非如此。唉,连我也已经开始逐渐跟不上时代了吗?"

眼下,确实正在从罗杰那代人的时代,逐渐向杰克斯这一代过渡。而属于艾斯他们这些新人的时代,也终将在时光的流逝中到来。这就是所谓的长江后浪推前浪,一代更比一代强吧。

"抱歉,我好像扫了大家的兴……"

"既然如此,就回答我一个问题作为赔礼吧……你打算挑四皇中的哪一个下手呢?凯多?大妈?该不会是——"

"就是白胡子。"

红发和在场的干部们齐刷刷地把目光转向了艾斯。

"喂喂!这小子好像打算跟白胡子开战!"

"海盗白胡子,可是比恶鬼还要恐怖哦!"

"我宁可死上个一百次,也不会去做这种蠢事!"

这可真是太划不来了,当今世上,就连尚在襁褓中的婴儿,都会在听到白胡子的名号之后立刻停止哭泣。这个名字的威慑力，完全不在暴风雨、地震，以及海啸等天灾之下。

杰克斯向眼前的新人发问——

"很久以前，确实曾经有一位七武海也向白胡子正式宣战过。我还以为最近已经没有这种白痴了呢。话说你为什么偏偏选中了白胡子呢？"

"说起罗杰当年的对手，人人都会想到白胡子吧？而且白胡子还在鱼人岛上升起了自己的旗帜，所以他是我在进入新世界时第一个出现在我面前的大人物。"

"喂喂喂，你该不会……"

"我在鱼人岛上，主动做出了挑衅。"

艾斯的手中燃起了火焰。

"你烧了他的海盗旗吗？"

"嗯。"

"……"杰克斯的脸上仍然保持着微笑，"也罢，毕竟这种事也轮不到我插嘴。"

新世界的霸主们——四皇，都有着极其恐怖的实力。但也正因为如此，他们之间的争斗往往很难分出胜负。就算某一方取得了胜利，获胜方自身也必将蒙受极其巨大的损失。届时四皇中的另外两人就可坐收渔翁之利，所以才一直没人敢轻举妄动。

这个世界是极其广袤的，但要想容下人类那无穷无尽的欲望，以及为了争夺权力而爆发的争斗，却又似乎太小了一些……

"如此看来，就算我真的干掉了白胡子……也不至于对不起红发你，那我就放心了。"

艾斯毫不畏惧，直接撂下一句狠话。

居然敢这么说四皇中最为年长的白胡子，艾斯的话——很难不给在场听众以一种他同样也没把杰克斯放在眼里的感觉……

"我真的应该来到这个世上吗？"

那是刚刚开始记事时的艾斯，向自己发出的第一个提问。

他以海盗王罗杰之子的身份来到这个世界，已死的父亲是有史以来最为凶恶的罪犯。母亲也在生下他之后就去世了，于是被托给山贼代为抚养，整个童年都在垃圾山上渡过。但他从未用这些经历向他人索取过一丝一毫的同情，所以艾斯并未向曾经身为海盗王麾下船员的杰克斯表明身份，并以此来获得四皇之一的关照。

他生来就有着自己必须活下去的理由。

对于艾斯而言，他之所以能原谅自己活在这个世上，可以说全都是为了自己出海前在科尔波山上遇到的那两位结拜兄弟——也就是路飞与萨波。

萨波其实是三兄弟之中最早出海的那一个，但却因为命运的捉弄，成了这个无理可讲的狗屁世界的牺牲品。他的船拦住了天龙人的去路，于是当场就被炮轰击沉……

天龙人是贵为特权阶级的世界贵族，他们居住在圣都玛丽杰尔，拥有众多奴隶，还将世上的其他人视为贱民。即便是在军队政府中身居要职的高官，甚至各个国家的王族，在天龙人面前，也只能低声下气，逆来顺受。

失去萨波的时候，艾斯都在想些什么呢？他一定想了很多很多，他已经无法清楚地回忆起自己当时的心情了，但大体上应该是……

"杀害萨波的人，肯定是反对自由的什么东西。"

"杀害萨波的，是这个世界。必须想办法成为罗杰那种，足以用自己的死改变整个世界的人才行，否则无论生死都将没有任何意义。"

所以艾斯才成了一名海盗。

"就算被整个世界所厌恶、所排斥，我也要成为大海盗，为自己争回这口气！"

艾斯成为海盗的出发点，就在于此。对于身为海盗王之子的艾斯而言，要想向高处攀登，就只有设法超越自己那个连见都没有见过，除了怨恨再无其他感情可言的父亲这一条路可走。

他才不是什么海盗王之子，只是他的老爸刚好是罗杰而已。总有一天，他要让人们这样描述自己的身份。为此他必须完成和罗杰不相上下的丰功伟绩，所以最少也得找到"大秘宝"或者成为海盗王才行……

随便什么都好，必须设法告诉他们——当年的海盗王高路德·罗杰已经是过去式了，现在新世界中最值得关注的，是我波特卡斯·D.艾斯！让他们知道这个为了瞒过政府搜查，并在生下孩子之后离世的母亲——露秀所赐给自己的名字。

与杰克斯的攀谈，让艾斯更加坚定了自己的决心。他在把这一切隐隐埋在心底的同时，对杰克斯说道——

"我的敌人就是这个世界。七武海，四皇，还有天龙人……我一个都不会放过。我要击溃这世上的所有'巅峰'，用这股烈焰……实现一番属于我自己的霸业。"

"为了超越海盗王高路德·罗杰，必须先击败白胡子爱德华·纽哥特，这就是我……波特卡斯·D.艾斯在新世界的起点。"

对于艾斯的豪言壮语，杰克斯选择只做一位无言的倾听者，就让眼前的孩子说个够吧。

此时此刻，映在红发眼中的，又是什么呢？对于整个世界的不满与愤懑，以及年轻人所特有的急功近利……这应该是每一个新人海盗都具有的特质，但在他那熊熊烈焰背后隐藏着的幽幽冥火，又究竟是什么呢？

"我说得已经够多了，也该讲讲你的事情了吧。"

"我吗？"

艾斯话锋一转，开始问起杰克斯的事情来。

"嗯……就先说你的海盗旗吧。骷髅脸上的三条线，应该就是你脸上的疤对吧？"

艾斯看向杰克斯的左眼，那里有三道疤痕，从他左侧的上眼睑开始，一直延伸到脸颊附近。

"你指这个吗？"

"路飞左边的脸上也有一道疤……那个白痴说过，它是当初因为崇拜你，想加入你的海盗团，自己用小刀划出来的。至于你脸上那三道疤……无论怎么看应该都是在战斗中留下的伤疤。能在你脸上留下这种伤痕的家伙，究竟是何方神圣？"

艾斯明显对这个能让四皇杰克斯破相的人物充满了好奇……杰克斯则抬起手轻轻摸了摸自己脸上的伤疤。

"这个嘛……"

"竟然能在你脸上留下伤疤，想必是个相当棘手的家伙吧？"

说起四皇红发杰克斯的著名战绩，人们往往会想起他与最强剑士鹰眼米霍克之间势均力敌的那场单挑。但如果以刀伤来看，这三道彼此平行的伤疤未免也太不自然了，估计应该是勾爪之类的武器所造成的吧……

"那是我人在东海，而且左臂健在时候的事情了。"

"老大……"

看来杰克斯似乎很少提起自己脸上伤疤的事情，以至于连干部们都纷纷把目光投向了自己的船长。

"在我脸上留下这三道伤疤的……正是白胡子海盗团。"

"是白胡子吗？！"

"不，只是白胡子手下的一名海盗罢了。"

连队长都不是的一名普通船员……

"你该不会……是在编瞎话糊弄我吧……"

"你当然也可以认为我是在胡说八道。"

杰克斯少见地反呛了艾斯一句，这句话的意思当然也很简单明了，如果真的有谁想干掉白胡子，那他必须彻底击溃整个白胡子海盗团才行，而绝非仅仅打败白胡子本人就算完事。

"那个男人，后来怎么样了？"

"谁知道呢，反正这处旧伤也已经很久没有疼过了……"

就在这时，两人眼前篝火中的木柴，刚好"啪"地崩出了一颗火星。

壶中酒已尽，在杰克斯的示意下，他的手下们让出了通往洞穴出口的路。

宴会结束了，艾斯已经明确表达出自己准备与白胡子海盗团开战的意愿，四皇杰克斯并未对艾斯不利，但同时也并未表示会在随后的战事中出手帮助黑桃海盗团。

而且他还会通知白胡子"有个叫波特卡斯·D.艾斯的海盗可能会去找你们的麻烦，不过你放心，红发海盗团跟他并没有任何关系"。毕竟这也是海盗们处世的规矩之一。

爆发在四皇之间的冲突，是足以撼动整个新世界的大事件。所以必须在苗头出现之前，就将其彻底扼杀在襁褓之中。对于艾斯而言，既然受了杰克斯这一餐一宿的恩惠，按规矩就得老老实实离开红发海盗团的地盘。换言之，一旦黑桃海盗团进入白胡子的地盘……怕是就要从此掀起一场腥风血雨了。

*

在红发的目送下，斯佩迪尔号渐渐离开了冬岛。

"那小子刚上岸……我就已经感觉到他散发出的霸气了。简直像是熊熊燃烧的烈焰那样……"

"难怪冬岛地面上的雪会融化。……要是没有他在，岛上八成早就下起暴风雪了吧。"

范·贝克曼把大衣的领子竖了起来。

"你怎么看？"

杰克斯将目光投向自己精明能干的副船长。

"干掉白胡子……就算真的成功了，那之后又会怎么样呢？从那小子刚刚的话中，我是一点儿端倪都窥伺不到啊……"

范·贝克曼向船长说出了自己心中的想法。

整个世界都是自己的敌人，所以要将身在权力巅峰的天龙人毁掉，而四皇自然也不例外。艾斯刚刚的话，总结起来大概就是这个意思。

"……这可不太像是从一个海盗嘴里说出来的话啊。"

"刚见面的时候还觉得这孩子蛮有礼貌的，但一说起自己的事情来……就能看出他果然还是欠火候。与其用海盗来形容现在的他，还是斗士这个词更恰当些吧？真那么想颠覆当前世界格局的话，就该一早加入革命军才对嘛。"

对海盗王和冒险毫无兴趣，也不想以七武海的身份欺负其他海盗，更不打算以海兵的身份成为民众的英雄。加入纯粹只为颠覆世界政府统治而存在的势力——被官方称之为恐怖分子的革命军，似乎才更合乎艾斯对自己的描述。

"这孩子把自己的舞台定得太死了，按这样下去，怕是最多也只能做到区区单个海盗团的船长而已。"

身为红发海盗团副船长的范·贝克曼，并未在名为艾斯的青年身上看到更多的可能性。

只要有干柴在，火就能烧起来。

但光是这样，也并不足以酿成燎原之火。比方说发生在山上的野火吧，在把一切能烧的东西全部化为灰烬后——火就会自然而然地熄灭。

至于艾斯，他心中究竟又是如何打算的呢？

"我记得他曾经说过自己出身于南海对吧？"

巴特利拉……杰克斯反复念叨着那座小岛的名字。

"让你很在意吗？"

"我还以为那个主动拒绝了七武海宝座的新人是个什么货色呢……现在看来，应该是我想多了。八成只是个自以为吃了自然系恶魔果实，就已经天下无敌的蠢货吧……"

范·贝克曼说罢轻轻叹了一口气。

"但军方却主动派人邀请这个自以为是的新人加入七武海……"

这意味着世界政府、元帅战国和五老星都已经认可了艾斯的实力。

"最让我想不通的是……咱们先不说他有没有成为七武海的那个器量。如果只是单纯的自然系能力者，那赏金应该顶天也就刚刚过亿而已……但是政府对波特卡斯·D.艾斯的悬赏金却已经——"

在艾斯回绝七武海的宝座后，五老星把他的悬赏金狠狠提高了一大截。这意味着他对世界政府而言是一个极度危险的人物吗？但就算如此，这金额也实在高过头了。让人总感觉事情应该并没有那么简单，世界政府八成就是出于这个原因，才会主动邀请艾斯加入七武海的吧。

"我出生的时候，那个男人已经被处死了。"

"嗯？"

"这小子怎么就那么在意罗杰船长的事情，他最后……好像还提到了高路德·罗杰这个名字对吧？"

以最近的年轻人而言，这未免也有些太稀奇了，杰克斯脸上随即露出了不易觉察的微笑。

这与平时总是挂在他脸上的那种沉默的微笑之间，似乎有着微妙的不同。对于范·贝克曼而言，他已经很久没在船长脸上看到过如此发自内心的笑容了。

第3话

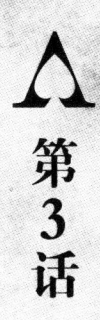

1

白胡子……他是历史上唯一一个能与海盗王罗杰打得势均力敌的怪物!

"如今的他,毫无疑问是全世界最强的人!"

"这个世界上最接近"大秘宝"的男人!"

情报专家斯卡尔搜集到的所有关于白胡子爱德华·纽哥特的情报,都在无形中表达着同一种意思。

那就是——无论如何,都不要去招惹白胡子!

"全世界最强的男人,吗?"

艾斯中途稍稍停顿了一下。

毕竟这里说的可不是小孩子之间比谁跑得快,谁掰腕子厉害,或者谁考试分数高那种幼稚的"最强"。

根据海盗狂热爱好者斯卡尔的说法,如果只看战斗力,论单挑,有可能是百兽凯多最强。尽管这些只是人们茶余饭后的谈资,但大家普遍认为凯多是怎么杀都杀不死的"最强生物",大妈夏洛特·玲玲有着"最强的家族",而爱德华·纽哥特,则是因为他那独树一帜的人生观,而被称为"最强的海盗"。

"人们都说,绝不能轻易违背白胡子的仁义。在咱们海盗的世界里,指的就是结义之酒。任何人都不能伤害已经被白胡子收入麾下的'儿子'们,无论谁都不行。"

斯卡尔说着说着就激动了起来。

"看到伙伴被外人所伤,换成谁都不会无动于衷吧。其他几位四皇自然不用说……就算是我……"

"确实如此。"丢斯也跟着点了点头,"不过就算出手,其实也是有区别在里面的。既有可能纯粹是因为自己人受到伤害而发怒，也可能是因为手下挨揍丢了自己的面子而发怒，还有可能是为了加强家族内部的团结，而故意做出一副怒气冲天的样子……"

"你觉得白胡子是哪一种呢，丢斯？"

"从斯卡尔所提供的情报来看，凯多是非常危险的武斗派，大妈似乎更加重视生意，红发的情报太少所以无从推论，而白胡子自然就是最为王道的老牌海盗了。

"而且他旗下的海盗团还在不断扩张中，只要有自由人海盗闯进他们的地盘，马上就会有直属队长率部前去劝降，你如果答应了那自然好说，你要是敢拒绝，那就当场直接武力镇压。"

斯卡尔顺便把手狠狠握成了拳头。

在已经被四皇割据的新世界，也存在着像艾斯这样初来乍到，尚未加入任何一方的新人海盗。随着时间的推移，他们必须在加入某位四皇麾下以求平安，被强大的武力彻底毁灭，以及想方设法打出一片天地之间做出自己的选择。新世界的大海，就是如此残酷无情。

"接下来，就要说到最关键的部分了。其实白胡子的地盘，刚好出了点小问题……"

斯卡尔摊开航海图，顺手摸出几颗国际象棋的棋子摆在上面。白色的国王代表白胡子，周围有许多其他白色的棋子在众星拱月般保护着它。

"游击骑士多玛，A·O海盗团……好几个海盗团，正在试图从白胡子的地盘里分一杯羹。虽然他们明面上并未正式联手，但却不约而同地发起了战事……根据我的调查，幕后应该是有其他四皇在煽风点火……总而言之，白胡子的队长们，似乎已经带着麾下的舰队去镇压那帮人了。"

黑色的棋子，冲进了白胡子的地盘。它们身后是黑色的国王……而白色的棋子们则为了镇压黑色的棋子而纷纷离开了白色国王。

"也就是说，白色国王身边的守军变少了对吗？"

"白胡子的贴身卫队中，有四支小队已经外出参与镇压行动。母舰莫比·迪克号几乎正处于完全不设防的状态下……"

"这不正是干掉全世界最强者的绝佳机会吗？"

艾斯说着把手伸向了白色的国王棋子。

*

从很久之前开始，确切地说是从艾斯进入新世界开始——斯佩迪尔号下方的海水中，就已经有一个身影，寸步不离地跟在黑桃海盗团身后了。

鱼人跃出水面，又再次深深潜入海中，不再继续跟踪斯佩迪尔号，而是转头朝着其他方向游去。

2

海面上的岛屿，正被笼罩在一层薄薄的雾气之中。黑桃海盗团的斯佩迪尔号，悄悄地停靠在了依稀生长着几棵针叶树的海岸边。动物们被陌生来客吓到，四散奔逃。

"果然没人在啊。"

某个人小声说道。

"那也不能掉以轻心……别忘了，这可是在白胡子的地盘上。"

丢斯压低声音发出警告。

尽管这里是白胡子的补给点之一，但看起来跟平常的岛屿似乎并没有什么区别。对于以海为生的海盗们而言，补给线就相当于他们的生命。对于那些坐拥数千名成员的庞大海盗团而言，自然更是如此。最重要的当然是淡水，尽管海水随处可得，但必须经过复杂的过滤才能饮用。吃的反而并不是那么重要，毕竟海上直接就能捕到各种鱼类和海兽。不过用来生火做饭的木柴，就只有在陆地上才能买到了。对于航海而言，类似的必备物资简直可以说是不胜枚举。

而眼下这座岛，就可以说是一座白胡子海盗团的专属农场。那些居住在岛上，而且已经与白胡子签订契约的农家们，正在这里为白胡子海盗团源源不断地出产着各种蔬菜和家畜。根据斯卡尔所掌握的情报，白胡子的大本营莫比·迪克号很可能会在最近来到这里进行补给……于是艾斯带着手下们，在雾气的掩护下悄悄登上了这座小岛。

"白胡子真的会来吗？"

"你可别打退堂鼓啊，丢斯。要是真等得不耐烦了，只要在这座岛上升起咱们的海盗旗就好，到时候他肯定会主动跑来找咱们算账的。"

作为一处补给点，当然具有很高的战略价值。就算只能让白胡子难受一下，这趟也可以算是没有白跑。

"斯佩迪尔号不会有问题吧？"

"我已经拜托米哈尔老师把船暂时藏在海湾里了。毕竟不知道这次要蹲点多少天，所以咱们扎营时也必须多加小心才行。"

既然是秘密行动，就必须设法瞒过本地农家的耳目。除了老天，没人知道这场雾会在什么时候散去。

"我带上几个人，再稍微深入内陆侦查一下吧。"

"千万小心，艾斯。白胡子说不定早就在岛上安排了守军。"

"放心吧，真碰上了就直接开战呗。"

"你啊……"

谁敢跟我对着干，我就让谁吃不了兜着走。他确实本来就是那种身体会抢在大脑思考之前展开行动的家伙，进入新世界后，他的鲁莽明显比原来更加变本加厉了。他为什么会这么着急呢——丢斯心中出现了一个大大的问号。

要说到这一系列事情的契机，自然是他在鱼人岛上烧掉了白胡子

的海盗旗。他之所以会这样做，肯定有他自己的想法。丢斯自然也能猜到几分，毕竟身为海盗王罗杰之子的他，从未被世人所知，甚至还被官方刻意针对。这大概是他为了摆脱父亲所留下的诅咒而进行的反抗吧。

我对成为海盗王和找到"大秘宝"并没有什么兴趣。

艾斯八成是在宴会上对红发杰克说出了自己的心里话，他实在太想摆脱高路德·罗杰留下的枷锁了。为了在真正意义上超越他，自然不能选择海盗王、"大秘宝"这些父亲当年走过的老路。

那么他该怎样做呢？

要怎样做才能超越自己的父亲？罗杰是史上第一个称霸了"伟大航线"的男人，甚至还亲手开启了全新的大海盗时代，但到头来，还是被这个世界——世界政府缉拿归案，并在罗德镇的高台上被当众处死。

颠覆这个世界。

成为一个不被任何东西所支配的人，这很有可能就是艾斯心中所追求的霸道。管你是海军、四皇、世界政府，还是被世间奉为现人神，就连身在海军权力巅峰的三大将也只能心甘情愿地给他们当保镖的那帮天龙人——不，应该说类似天龙人那样的特权阶级，必须毁得更加彻底才行。

整个世界，都是我的敌人。

所以他必须从当年能跟海盗王罗杰打个势均力敌的白胡子下手，只有这样才算是在超越父亲的道路上迈出了第一步。

而眼下丢斯能做的，就只有拜托斯卡尔尽可能外出收集情报而已。从兵法上来讲，出其不意和避实击虚都属于再正常不过的战法。但艾斯应该对这些并不感兴趣，以他的个性，就算白胡子海盗团的那几万人都在自己面前，他也敢直接冲上去开打。

艾斯带上几个人，沿着海岸行动起来。剩下的船员们，也在丢斯的指挥下，潜入森林深处寻找隐蔽的宿营点。

咚——

那是一声仿佛炮弹爆炸一般的巨响，

在哪儿——丢斯顿时吸了一口凉气，巨响发生在雾气的另一头，而那里刚好是斯佩迪尔号预定停靠的港湾……与此同时，一道巨大的黑影，突然落在了黑桃海盗团面前。

大家顿时惊得目瞪口呆，这怪物究竟是从哪里冒出来的？如果没看错的话，它好像是从海里冲出来的。怪物将湿透的衣服搭在肩头，而他手上拿着的则是——

"那是咱们的……"

丢斯顿时惊得连话都说不出来，那正是本应飘扬在斯佩迪尔号上的黑桃海盗团的海盗旗。这家伙把它连同桅杆一起折断了，甚至还像丢垃圾一样将它随手丢在一边。

黑桃海盗团的成员们顿时全都红了眼……对海盗而言，这怪物刚刚扔旗的行为，等于直接把没穿鞋的脚丫子踩在自己脸上。事情走到这一步，必须开战了。

然而丢斯却在担心斯佩迪尔号，也不知道负责留下照看船的米哈尔出没出事。

"你这混蛋……你知道自己刚刚干了什么吗……"

在艾斯的怒吼声中，充满了对来者的敌意。而他的双眼，则死死盯着身在雾气之中的敌人。

"这话应该由我来说才对！你知道在鱼人岛上烧掉白胡子老爹的海盗旗，意味着什么吗？"

犀利的问话，与岸上海风掺在一起，从黑桃海盗团的成员们耳边掠过。

"啊……"

鱼人沃雷斯在看清来犯之人的样子后不禁喊了出来。

"哦,居然还有鱼人在……年轻人,你应该听说过我吧?"

身高十尺有余的怪物,居高临下狠狠盯住了沃雷斯。

"老、老大……"

沃雷斯浑身颤抖,连话都快说不利索了。

"你就是那个拒绝了七武海位子的小鬼吗?"

"我才不知道什么七武海呢……你这大块头。"

熊——艾斯的身体顿时化为熊熊烈焰。四周潮湿的雾气瞬间被蒸发,荒芜的地面随之显露出来。

"龙宫王国的国王尼普顿和白胡子是多年的朋友,那面旗帜,一直保护着鱼人们远离海盗的侵扰。年轻人……你之前做下的蠢事,可没法只用一句'小孩子的恶作剧'就搪塞过去啊。"

这意味着艾斯已经与所有鱼人为敌,同时还驳了四皇白胡子的面子。

"大块头……我想见那个白胡子一面!"

"见到了又如何?"

"这还用说吗?"

艾斯手中的烈焰,充满了杀气。拒绝七武海的宝座后,已经与红发碰过头的新人,明显在觊觎着白胡子的项上人头。

"绝不能让你这种好像屠刀一般的小鬼跟老爹见面!我虽然并不是白胡子海盗团的成员,但出于道义,就由我来做你的对手吧!"

"七武海!"

"艾斯!那个怪物是甚平!"

大家发出了警告,"海侠甚平"——艾斯怎么可能不认识这个悬赏金曾经高达两亿五千万贝里,如今已经身为王下七武海之一的男人呢。

＊

　　曾经身为太阳海盗团第二任船长的甚平，很多年以来，充当着关系紧张的鱼人与人类之间沟通的桥梁，他也因此在不久之前接受世界政府的征召，加入了王下七武海。作为三大势力之一的七武海，是获得世界政府官方劫掠许可的"有权利狩猎海盗的海盗"。只要每年按时向官方缴纳一定的费用，就可以在官方的默许下，肆意劫掠那些没有加盟世界政府的偏远地区和国家。

　　因此七武海甚平突袭黑桃海盗团一事，表面上看是出于官方立场所做出的行动。如果把他视为世界政府为了找回面子派出的刺客，那他的出现自然就说得通了。但实际上，甚平却是以一个鱼人，或者说一个男人的身份，而拦在黑桃海盗团面前的。

　　鱼人岛上的阿拉丁，以及其他已经提前接到消息的鱼人们，早就在紧密监视艾斯等人的行踪了。刚开始时，他们只是把艾斯视为一个危险的新人而已，但在烧旗事件发生后，波特卡斯·D.艾斯的目标是白胡子一事，已经成了板上钉钉的事实。

　　所以身为鱼人的甚平早在艾斯一行人离开鱼人岛时，就一直在水下寸步不离地跟踪他们。

　　至于艾斯与甚平之间的战斗……

　　在持续了整整四天后，已经迎来了第五天的朝阳，而且看架势还会继续打下去……死斗进行到这个地步，已经演变成了两个濒死之人间的你来我往。

　　甚平是使用鱼人空手道的高手，这是一项在龙宫王国内传承下来的武术，它的精髓在于利用水压制对手。这种武术的技巧并不只讲究单纯的打击，还利用存在于地面、树木、敌人体内，乃至空气中的水分，将冲击波直接送进对方体内，以达到击溃对手的目的。

　　而艾斯则是恶魔果实燃烧之果的能力者，他可以将自己的身体完

全化为烈焰。

但这乍一看给人感觉天下无敌的自然系能力,其实也并不是没办法克制。

更何况这还是一场七武海级别的大战——所以艾斯身上的火焰才会变得极其微弱,人也躺在地上一动不动。

"呼呼……呼呼……"

"呼呼……呼呼……"

而甚平也并没比艾斯好到哪儿去,他身上的衣服已经被烧得破破烂烂,那具高达十尺的身躯,如今也跟被浪花冲上海滩的鱼一样,瘫在地面上动弹不得。

"打了五天还是分不出胜负!"

"这样下去他们两个都会没命的!"

黑桃海盗团的成员们,为了避免卷入这场恐怖的大战中,只能远远地看着。

他们的船长,究竟有着多么强悍的实力……艾斯在与甚平大战时发挥出的超强实力,让大家兴奋不已。但与此同时,海侠甚平那足以与自然系恶魔果实能力者艾斯相抗衡的精力、力量与技巧,也被深深地刻在了众人的心中。

这就是新世界的海盗吗……不,我们今后还会遇上比他更加强大的家伙……

"我……我要去阻止那家伙。"

"丢斯老大?"

尽管黑桃海盗团在这五天中只是在观战而已,但大家早就因为高度的紧张而疲惫不堪了。丢斯说罢,就向着已经筋疲力尽的甚平与艾斯倒下的地方走去,被烧焦的地面上,到处都是巨大的坑洞。

"艾斯……你还活着吗?"丢斯看了一眼倒在旁边的甚平,对艾斯说道,"我不知道你能不能听见,反正我也管不了那么多了……"

艾斯似乎还有那么一丝意识在，但他的身体却已经动弹不得了。身为自然系能力者的艾斯，只怕是从来都没有受过如此严重的伤吧……

一场爆发在现任七武海，以及拒绝了七武海宝座的人之间的战争。

这场大战中，他们刚好互相抵消掉了对方最强的优势。要是从格斗技巧方面来看，这就是一场鸡肋的比赛。而这两位又刚好都很抗揍，身为鱼人的甚平自然就不用说了，艾斯的抗击打能力当然也远在常人之上。

"总之我要带上你，立刻离开这里。"

"丢斯……"

艾斯心里肯定是一百个不愿意，但他已经连甩开丢斯的力气都没有了。

"想抱怨可以，等咱们离开这里再说。我绝不会让你死在这里，实话实说……这次的对手确实太强了。"

丢斯扛起艾斯，准备离开。

"把我放下……我，我跟大块头之间还没分出胜负呢……"

在场的所有人都没料到，那个人居然偏偏这时会出现在了喘着粗气仰起头的艾斯——以及黑桃海盗团面前……

不，按理说他们应该一直都在等着这个人现身才对。毕竟黑桃海盗团就是为了埋伏这个男人，才偷偷登陆这座岛屿的。

"啊……"

连丢斯都不禁喊出了声，伴随着朝阳升起，出现在雾气尽头的——

是一团仿佛岛屿鲸鱼般巨大的黑影，但它却并未发出任何叫声。随着它靠近海岸，大伙儿才看清它那高耸着的桅杆和风帆，那是一艘船，一艘无比巨大的船。

"是谁打算取我的项上人头啊？我就如你所愿，来做你的对手吧……"

那个站在如同白鲸般巨大的海盗船船头的男人，正是这个新世界

的王者。

"白胡子海盗团！"

"我不介意单独对付你们所有人。"

嘭——

他紧握手中的薙刀，用刀柄重重敲了下船舷。现场的空气顿时为之一振……那柄薙刀的长度，少说也得有二十尺，看着都得有一艘普通船只的桅杆那么长了……而白胡子爱德华·纽哥特的身高，也与手中的薙刀不相上下。这位海上王者，果然是威风八面……

黑桃海盗团的成员们瞬间就被他的气势所压倒，一个个都像被鬼附了身似的呆呆站在原地，有的甚至跟丢了魂似的直接双腿发软跪在地上……

随着他挥动手中的薙刀，一阵仿佛剑术宗师所发出的剑气般犀利的冲击波，不由分说地向着黑桃海盗团奔袭而来。

惨叫声响起。同伴们的声音，让近乎昏迷的艾斯清醒了过来。他一把推开了扛着自己的丢斯，毫无防备的丢斯，被他这一下子推出好远。

"给我出来！要取白胡子项上人头的就是我！！！"

已经遍体鳞伤的艾斯，像一条野狗那样，发出疯狂的吼叫声，瞬间就吸引了在场所有人的注意。白胡子则对此毫不在意，直接挥出了下一记斩击，无形的刀气掠过艾斯，直接击中了他身后的同伴们。

"唔啊啊啊啊啊啊！"

"你们快走！……'炎上网'！"

熊——

艾斯在自己身后筑起了一道高达数米的火墙，熊熊燃烧的烈焰，拦住了白胡子后续放出的刀气。

"船长！"

"艾斯船长！你这是干什么！"

火墙的另一面，传来了同伴们的呼喊声。在这道火墙的阻隔下，他们甚至连想给自己的船长帮忙都做不到。

"你们快走！！！"

艾斯扯着嗓子大喊道。

"……"而白胡子则表示，"怎么，事到如今才开始打退堂鼓吗？"

这小子之前不是蛮嚣张的吗，该不会突然转身就跑吧？白胡子的内心多少有些失望。

"请放过我的船员们吧！"

艾斯抬起头回瞪白胡子，同时提出了要求。

"作为交换，我保证绝不逃走！"

艾斯深知，这场战斗完全是因为身为船长的自己而起，所以他绝不能连累自己的同伴。也正是他的这句话，让那位好似魔兵天降般的白胡子爱德华·纽哥特脸上，第一次露出了接近人类的表情。

那是一丝让人不易觉察的微笑。

"还挺嚣张的嘛，你这黄毛小鬼……"

"唔哦啊啊啊啊啊啊！"

轰！

要是没有萨波，和你路飞这个让人操起心来没够的弟弟，

我才不想活在这个世上呢。

你能想象得到吗？对于波特卡斯·D.艾斯而言，光是活在这个世界上，就足以让他的内心饱受折磨。

"你说那个高路德·罗杰如果有儿子会怎么样？当然是被斩首示众啦。"

"这也难怪，毕竟本来就没人希望他降生在这个世界上。"

"依我看，这世上有多少人恨罗杰，就在他身上插多少根针！"紧接着用火烤他，再把他临死前的样子拍下来，让他成为全世界人民的笑料！

到时候肯定所有人都会说他"死得好！"哇哈哈哈哈！

高路德·罗杰在罗德镇的处刑台上，向人们揭示了"大秘宝"的

真实存在，从此正式拉开了大海盗时代的序幕。

但是时代的变迁，并非对所有人来说都是一件好事。龙宫王国的人鱼绑架事件自然不必说，因地痞无赖们而起的劫掠与破坏，甚至已经席卷了世界各地。

无论将来的人们把发生在大海盗时代的英雄事迹写得如何光鲜亮丽，对于正活在当下的普通民众而言，海盗都只会与暴风雨或者干旱之类——无情夺走他们亲人生命的天灾之间画上等号。

至于他的遗言，我也早就替他想好了："对不起，我这种垃圾就不该出生。"

这种整日评头论足别人人生际遇和罗杰生前实际做过的那些事情，只怕并没有多少因果关系吧。这些成天混迹于酒吧和赌场的烂人，最擅长的就是在用便宜的劣等酒把自己灌个烂醉之后，将自己的不如意统统怪到别人的头上。

"被世界政府处死的史上最凶恶罪犯，就是活该被世人唾弃的人渣！"

"他不就是个海盗而已吗？就算他称霸了"伟大航线"，还抵达了终焉之地拉夫德路——那又怎么样？反正他已经死了，老子爱怎么说就怎么说！"

那么世界政府为何要如此贬低罗杰生前的经历呢？是因为他知道"大秘宝"背后的秘密？因为他煽动民众，害得大批年轻人成为海盗？没人知道确切的答案，但是无辜的民众们却可以用恶毒的语言尽情辱骂罗杰，甚至是把所有的罪孽和错误都算在他的头上——如果这世上还有继承了他血脉的后代存在，那就必须设法斩草除根。每个人都应该捡起脚边的石头，把他的妻子和孩子统统砸死——这种想法，已经渐渐成了一种"常识"，甚至是值得拍手称快的正义之举……这一切背后的推手应该都是世界政府。罗杰的存在，对他们以及身为世界贵族的天龙人而言，真的就那么恐怖吗？

民众甚至连罗杰真正的名字都不知道，就争先恐后地对他破口大骂。

"高路・D・罗杰？你说的是高路德・罗杰吧？"

"你问我了不了解他？拜托，这世上之所以到处都有海盗肆虐，全都是他害的！"

"世道之所以变得这么乱，全都是高路德・罗杰的错！"

"他根本不该出生在这个世界上，我就没见过比他更混账的人！"

"活着的时候作孽，死后更是祸患无穷，年轻人你记着，他就是这世上最可恶的人渣！"

"那是还在东海科尔波山上生活时的事情了，让山贼头目达丹愁得抓耳挠腮的少年艾斯，每次去镇上的时候，都会引起流血事件。"

"你小子又跑到镇上干什么去了！镇上都因为不良少年差点被小孩弄死炸开锅了！"

"少废话！我要是真那么厉害，早就把他们全都干掉了！"

他用充满憎恨的视线，仇视着出现在自己视线中的每个人。

没人知道艾斯生父的真正身份，但是只要自己还活着，就越隐隐觉察到身边的每个人都在怪罪自己，说继承了罗杰血脉的自己应该立刻去死……

跟不入流的山贼混迹在一起，过着如同垃圾一般的人生。那个整天饥肠辘辘，缺少关怀的童年，还算好的。随着渐渐长大，直到他开始思考死亡一词含义的时候……艾斯心中的恨意开始疯狂膨胀，他甚至没有一天不在想自己父亲的事情。

在他看来，万一身份暴露，就算再好的朋友都会立刻转身离自己而去，也正因为如此，艾斯才会开始主动疏远身边的每个人……

"哇哈哈！我说艾斯，你最近好像很不老实嘛！"

把他托付给山贼代为抚养的人，是海军戈普。

他是常年负责追捕罗杰的海军总部中将，在日复一日的战斗中，

两人莫名其妙地熟络了起来。那一天，罗杰主动跑来向海军投降。他被捕入狱，随后很快被判了死刑——这家伙在狱中偷偷把自己有个孩子即将出生的事情告诉了戈普。

"上面已经派出人手去搜寻你的后代了，一旦他们找到目标，你的妻子就会被当场处死，尚在她腹中的孩子自然也不能幸免……"戈普也是一开口就跟罗杰交了底。

但不得不承认，罗杰这家伙看人的眼光确实独到。戈普趁罗杰被处死在罗德镇的时候，在位于南海的巴特利拉，找到那个婴儿，并把他藏了起来。常言道怀胎十月，一朝分娩。所以按照正常人的思维，从罗杰被捕的时间推算，这绝对不可能是罗杰的儿子。

戈普依照那名女性的遗愿，将襁褓中的婴儿命名为艾斯，并把他托付给自己身在东海边境的旧识，女山贼达丹代为抚养。

戈普会偶尔来看他，所以在这个世界上，知道艾斯是海盗王遗孤这一真相的，只有戈普、达丹，以及艾斯本人。

"听说你有个孙子对吧？那小子……过得幸福吗？"

"你说路飞吧，那孩子正在茁壮成长呢。"

那时候，他无论如何都想不到，自己将来会跟海军中将的孙子一起寄宿在山贼家里。

"臭老头。"

"怎么了？"

"我……真的应该来到这个世上吗？"

自己越是绞尽脑汁去琢磨，就越想不出这个问题的答案。

戈普稍微想了想，这样说道。

"这个嘛，只要活下去，总有一天会找到答案的。"

第4话

1

隐约中听到了海浪的声音。

嘴里好干，喉咙更是好像开裂了一样难受。呸，在吐出一口由血液、唾液、胃液等各种体液混合而成的不可名状之物后，他一个鲤鱼打挺跳了起来。

"喀喀喀……"

感觉好像被什么东西呛到，于是又咳了起来。

随着意识渐渐清晰，我终于感觉自己的身体，就像小时候发了高烧卧床不起时一样绵软无力。不管肌肉还是关节，总之全身上下都很难受。

"喝吧。"

是水的气味。

那阵直奔鼻黏膜而来的水气，让我真正觉察到喉咙究竟有多么干渴。我像抓住救命稻草一样，捧着那个被递过来的杯子大口喝起水来。

等水下了肚，我才抬起头仔细观察起刚刚把水递给我的人。看来我似乎已经在甲板上昏迷很长时间了，而他也正坐在船舱边上，用一种类似看小猫的眼神观察我。

艾斯背靠着船舱边上的扶手，努力在甲板上坐了起来。我在什么地方？……总之明显不是斯佩迪尔号，这艘船要比它巨大得多。

"你是谁？"

艾斯甩手就把杯子丢了出去。

"不可以乱丢餐具。"

"你少废话……"

他尝试着站起身来，但终究还是徒劳。肯定是出了什么事……我怎么会待在一艘如此陌生的船上？艾斯的脑子里一片混乱……

坐在船舷边的男人露出了笑容，他穿着一身白色的衣服……厨师吗？不对，这种脸上有疤的家伙绝不可能是厨师，谁知道他用菜刀剁的究竟都是些什么东西……

"你睡糊涂了吗？"

"这里是……？"

"我们的海盗船，莫比·迪克号。"

白胡子——四皇爱德华·纽哥特的海盗船。也就是说，艾斯……啊，想起来了，原来是这么回事。

"我是四小队队长沙奇，既然今后要成为同伴，就好好相处吧。"

"去你的！"

"哈哈哈，想不到你起床气还挺大……对了，索性把你昏迷之后的事情告诉你好了。"

*

用"炎上网"制造出火墙，帮助同伴们逃离之后，艾斯与白胡子爱德华·纽哥特展开了对峙。在与海侠甚平经历了长达五天的鏖战之后，艾斯已经遍体鳞伤，光是站在白胡子面前，就已经相当费劲了。

对于白胡子而言，艾斯竖起的那道火墙，其实根本算不上什么障碍。是艾斯以自己为盾牌掩护同伴们逃跑的行动，触动了白胡子的内心吗？以他那种二愣子的性格，绝不可能猜到白胡子心中的想法。但白胡子在黑桃海盗团的其他成员们逃离现场之前，确实并未再次挥刀发起进攻。

但在那之后——区区一记缠绕着霸气的薙刀挥砍，就让艾斯瞬间跪倒在地。这一仗根本就没得打，能令人化身烈焰的自然系恶魔果实能力，在白胡子面前根本形同虚设。

但艾斯还是挣扎着站了起来,"炎上网"的火势也随之再次增强。

我保证绝不逃走。

用尽余力保护自己心爱的黑桃海盗团,掩护丢斯他们撤离,这同时也事关艾斯的自尊。既然明眼人都看得出来白胡子是有意放同伴们走,那他这个船长就必须做到一言既出,驷马难追。

否则——就算他今天有幸逃过一劫,这辈子也永远都别想摆脱"胆小鬼"的骂名。如果真变成那样,他就再也没办法实现超越海盗王罗杰的夙愿了。

"咕啦啦啦……居然还能站起来吗?"

白胡子小声笑道,如果艾斯敢转身逃跑,白胡子海盗团势必会倾巢而出追杀他。刚刚撤离的伙伴们也将在劫难逃,所以艾斯无论如何都不能逃跑。要想活下去,他必须在这里设法击败爱德华·纽哥特。

"让你死在这里,未免太可惜了。"

可惜?

艾斯想不明白这句话究竟是什么意思,但是,在听到这句话后,他心里还是升起了一股无名的怒火。

就算他脑子再不灵光,也能感觉到,面前这个人瞧不起自己。

"还想在这片大海上闯荡的话,就在我的名下,尽情地驰骋吧!"

白胡子边说着,边向已经惨败的艾斯伸出了手。

做我的儿子吧!

艾斯顿时觉得气不打一处来,眼前这个男人未免也太嚣张了,居然敢把自己当成小孩子看待。

"你开什么玩笑!"

*

艾斯向白胡子发起挑战,随后被打得满地找牙。

彻彻底底的惨败。

他甚至连自己最后是怎么输的都毫无印象，只是隐约记得脑袋上好像被某种压倒性的力量锤了一下，那种感觉似乎跟记忆中臭老头的铁拳有点像。

总而言之，艾斯总算是接受了自己惨败于白胡子之手的事实。

我……我输了。

已经身为俘虏的自己，被直接丢在了莫比·迪克号的甲板上。我昏迷了一个晚上……不，应该更久才对，毕竟现在已经看不见那座岛了。

"后来啊，"四小队队长沙奇继续说道，"——你的同伴们想把你救回去，不过被我们打败了。"

艾斯顿时倒吸了一口凉气。丢斯他们……明明好不容易才逃出白胡子的魔掌，却为了救我又杀回来了吗？

"放心吧，他们没死，都在这艘船上呢。"

看到有怒气浮现在艾斯的脸上，沙奇这才把真相告诉了他。

他们还活着？这……这是真的吗……

黑桃海盗团在经历与白胡子海盗团的全面冲突后，已经全军覆没。海盗之间的战争，是不讲任何仁义道德的。战败就意味着——死。

艾斯的眼中，渐渐没有了生气。

对于白胡子而言，这根本算不上一场"战争"。他怎么可能跟一个区区新人开战呢？毕竟实力上相差得也太过悬殊了。

艾斯看向自己的双手。别说能封印恶魔果实能力者特殊能力的海楼石了，自己身上甚至连一副普普通通的铁手铐都没有。以艾斯的实力而言，就算他想把莫比·迪克号化为灰烬，也并非完全是痴人说梦。

"不给我披枷带锁……就这么让我留船上，真的不要紧吗？"

"嗯？"沙奇用他所特有的轻佻语气回应道，"谁知道呢……毕竟老爹也没让我们把你投入大牢，所以应该没问题吧？"

2

深夜。

莫比·迪克号的甲板上,一个行迹可疑的黑影正在偷偷摸摸地走向船舱。

要避过放哨船员的耳目,对于从小就干尽了各种偷鸡摸狗之事的艾斯而言,那真是再轻松不过了。根据前几次踩点的经验,他已经找出了船长起居室的大概位置。对方可是被称为海上王者的男人,所以怎么也不至于跟个胆小鬼似的在睡觉时把房门锁上吧……更何况艾斯也并没有蠢到先敲门再朝目标下手的那个程度。

其实这样讲也不对——他只是没办法在这个全世界最强男人面前冒傻气罢了。

"呼噜噜……"

隔着墙都能听到打雷般的呼噜声。就是这儿了——

熊——

艾斯的身体,瞬间化作烈焰。要说这项能力有什么缺点,那就是不能在黑暗中隐藏自己的行踪,以及无法抑制热气的散播。机会只有一次,他必须用最开始的那次进攻一锤定音。

已经化身为烈焰的艾斯,冲到全世界最强海盗的床边高高举起了手中的短刀。

嘭啪——咣当!

"哇!"

"喂喂……你干吗啊……"

这三更半夜的,小心点……路过的船员对艾斯叮嘱道。化为烈焰的艾斯,就这样被白胡子像驱赶烦人的小飞虫似的,一巴掌扇出了卧室……后者很快就再次发出了震天响的鼾声。

"唔——"

刚刚那一幕，简直就像在开玩笑一样。白胡子随手一巴掌，就把化为烈焰的自然系能力者艾斯，从船舱里直接扇得飞到了船内走廊上……

血顺着鼻孔淌了下来……可见这明显不是那种能用偷袭对付的人物。

3

战败者，白胡子海盗团俘虏波特卡斯·D.艾斯至今也仍然身在莫比·迪克号上，他身上并没有任何用来限制人身自由的刑具。但这里毕竟是在海上，身为能力者的艾斯，甚至连浮在海面上都做不到。除非他能想办法搞到一条小船，否则是无论如何也逃不出这里的。

不过艾斯本来也并没有要逃出这里的意思，之前的他——早已在与甚平的鏖战中耗尽了体力，所以才会战败被擒。在这几个星期里，体力已经恢复的艾斯开始日复一日地"问候"白胡子。

有时是趁着白胡子熟睡时下手，有时则是用斧头从背后偷袭。

嘭啪——哗啦啦———

但最终无一例外都是以被白胡子随手一巴掌拍飞而告终……

"喂！那小子掉下海了！"

"快去救他啊！"

艾斯因为偷袭白胡子而被频频痛扁的事情，早就在白胡子海盗团内部传开了。如今庞大的白胡子海盗团内部，艾斯这个名字已经传得人尽皆知。

有人正在觊觎他们船长老爹的性命，对这种胆大包天的混账，就算给他来个五花大绑，然后直接丢进海里喂鱼，都可以说是天经地义。但整个海盗团上下，却没有任何人为难艾斯——因为大家都坚信，这世上任何人都没办法伤到自己的老爹。

"唉……艾斯船长!"

鱼人沃雷斯一个猛子扎下海,把已经浑身无力的艾斯给救了上来。

看到艾斯被拖上甲板,船上再次热闹起来……甚至连白胡子海盗团的成员们也都嘻嘻哈哈地笑了起来。

"一天天的,他不觉得腻吗?"

刚从船舱里出来的沙奇,看着艾斯叹了口气。

早在海水对能力者的克制生效之前,艾斯就已经被白胡子的那一巴掌给扇得昏过去了。

"每天都这样,可真够执着的了。"

五小队队长花剑比斯塔小声嘟囔道,他的这句话背后多少有些夸奖艾斯的意思在里面。

4

"唔——"

正躺在医务室床上的艾斯,一个激灵睁开了双眼,随后剧烈地咳嗽起来。

"你又来啦?"

身着白衣的男人——正是玛斯库德·丢斯。

"你真是一点儿记性都没有,这都第十几次了?"

"你这家伙……"

"医生!"

话音刚落,他身边就多出来了一个护士。

是货真价实的白衣天使,身穿迷你超短裙,脚踩豹纹长筒靴,再怎么说也有些太过于性感了吧。不过确实有一股很好闻的味道。

光是白胡子的主力舰队,就有好几艘大型海盗船,兵力更是多达千人以上,全部动员起来,足以与一整座城市相匹敌。船医数量可观,同时还有着相当于一所完整医院的医疗体制。

"别这么叫我……我并没从医学院校毕业。"

"没事啦，反正我们这里的船医也没几个是正经科班出身的。"

护士正紧紧地依偎在丢斯身边，戴着面具的男人配上脚踩豹纹长筒靴的护士，这究竟是怎样的一副画面……

丢斯是个不成器的医学生。黑桃海盗团没有船医，但丢斯很好地扮演了医生的角色，所以他们并未因为这一关键人物的空缺而头痛过。

再者说，在海盗船上做船医，也确实并不需要医学院校的毕业证。被刀砍了？把伤口缝起来就好。有地方快坏死了？切掉就是。有船员得了地方病？直接隔离。像白胡子海盗团这样的巨兽级别海盗团，自然是组织的规模越庞大，内部的卫生条件就越恶劣。各种传染性疾病在海盗船这种密闭空间内的传播速度，快到让人根本无法想象。

所以医疗团队对于整个白胡子海盗团而言，甚至可以说是一道生死防线。凡是有能力的人才，碰到一个就吸收一个。而丢斯，则正是他们眼中最恰当的人选……至少看起来是这样。

护士们在把船医长吩咐的话转告丢斯之后，再瞧了瞧艾斯，随后嘻嘻哈哈地离开了医务室。

"被众多美女包围，想必一定很爽吧，丢斯？"

艾斯撑起自己的上半身，一脸憋屈地开始挖苦起丢斯来。

才区区几个星期——丢斯就摇身一变，成了白胡子医疗团队中不可或缺的重要医师。

丢斯在与名医父亲闹翻后，从医学院校中途退学，独自出海冒险。自从在无人岛上与艾斯邂逅以来，就再没提起过这方面的事情，但事到如今谁都看得出来，他在医学方面确实有着相当优异的天赋。

丢斯直接一眼反瞪回来，"无论你心里是怎么看我的，我都没有意见。"

"你这话是什么意思？"

"你有见到过其他人吗？"

"我只见到过刚好在这艘船上的人。比如你，还有沃雷斯……"

黑桃海盗团的成员们，如今已经被分到白胡子海盗团麾下的各个船团去了。在艾斯被白胡子击败的那天晚上，丢斯曾经率着所有船员尝试着营救过自己的船长。奈何完全不是白胡子近卫队的对手，以至于被直接来了个一勺烩，事情果然跟沙奇当初说的一模一样……

他们与艾斯一样，并未被关进大牢，而且在饮食方面也被照顾得很好。但让这么一大帮人都待在同一艘船上确实说不过去，于是大家就被分散到了白胡子麾下的各个船团。但有一点可以肯定，大家确实全都活得好好的。

"唉，我这次是真的败给白胡子了。"

刚刚来到新世界，就被现实一顿痛打。

这并不只是一次战败而已，艾斯不仅害得同伴们身陷危险中，甚至到最后都无力保护自己的船员。

"确实如此。"

"但这并不意味着我将来会一直输下去！只要成功取下白胡子项上人头——"

丢斯说到这里深深地叹了一口气。

就算他表现出对艾斯的担心，这种态度也有可能伤害到艾斯的自尊。对于陪着艾斯一路走来的丢斯而言，他实在太了解自己的这位船长了。

"他们这里的医疗团队……相当出色。"

"你是指那些美女护士吗？"

"你好好听我说！这里的医疗设备与大城市里的医院不相上下，甚至比医院都好。你知道这是为什么吗？"

"我才不知道呢……好痛……"

艾斯抬起手按住了脑袋，就算艾斯可以化身为烈焰，白胡子的巴掌也照样能对他造成极其严重的伤害。

恶魔果实能力者,尤其是相对更加依赖果实能力的自然系能力者,在新世界根本就是待宰的肥羊。如果碰上甚平这样的七武海,或者四皇级别的对手,那纯粹就是羊入虎口,注定有去无回。

这就是海盗世界的"巅峰"。

艾斯要想超越自己那身为海盗王的父亲,就必须先设法战胜这些强敌。

"这个医疗团队,完全是为了白胡子个人而组建起来的。"

丢斯说道。

"也就是说白胡子他,病得很厉害吗?"

丢斯的话让艾斯大吃一惊。

这怎么可能……那个无敌的怪物,居然有病在身……

"随着年龄的增长,任何人都不可能始终保持健康。人一旦上了年纪,体质必然会出现衰退……在我所知的范围之内,能与岁月流逝抗衡的医学技术,还没被人们开发出来呢……"

要说有恶魔果实能让人永生不死——可能性也许都比医疗技术更大一些吧。

"那他究竟得了什么病?"

"这意味着现在的他,实力已经远远不及当年那个能与罗杰平起平坐的全盛期的白胡子了。"

而艾斯,面对年事已高的白胡子,都完全不是人家的对手。

现在的艾斯,能与七武海甚平打得不分胜负,但对比白胡子……还差得太远太远了……

"你是说我赢不了他吗?"

"至少现在不行。"丢斯给出了自己的结论,"继续刚才的话题吧,为什么会出现一个如此完善的医疗团队呢?那是因为……白胡子的性命,早就已经不再是只属于他自己的东西了。"

？

"白胡子海盗团的总兵力多达数万，在他的地盘内，住着几十倍于这个数目的其他居民们。正因为有白胡子的旗帜在岛上高高飘扬，他们才能过上安稳的生活。你说，万一白胡子有个三长两短，这些人会面临什么样的下场？"

这意味着白胡子的性命，直接关系着几十万，甚至几百万人的生死……这对于只率领过一艘船的艾斯而言，是完全不可想象的事情。所以他们才必须组建最顶级的医疗团队，来照顾白胡子日益衰老的身体。这一切都是为了尽可能维持白胡子在这片海域的统治，以及保护那些生活在他的旗帜下，希望他能长命百岁的居民们。

"所以呢……？所以你就要让我别再去为难白胡子？"

艾斯抬起头狠狠盯着丢斯说道。

"这取决于你自己的决定，我只是觉得……应该让你知道，你正试图夺走的，究竟是一条什么样的性命而已。"

"丢斯……你已经，和白胡子见过面了吗？"

"我见过他，但并没直接跟他说过话。"

这也就意味着白胡子并未邀请过丢斯入伙，那为什么丢斯还会在跟自己说话时这么向着他呢……

"看来你已经彻底变成白胡子海盗团的一员了。"

话才刚刚说出口，艾斯就马上后悔了。

因为丢斯毫不犹豫地给出了他的回应——

"我们曾经向白胡子正式发起挑战，而身为船长的你，败给了白胡子，所以这场战斗已经结束了。我们之后也尝试过把你从他的船上救回来，但同样以失败告终。"

"你要是这么说，那我可真就无言以对了……"

"不要误会，艾斯。这并不意味着我们……我已经背叛你，投靠了白胡子。"

"但是艾斯……他就算当场把咱们所有人都丢下海喂鱼，也是完全合乎规矩的。可白胡子是怎么做的呢？他不仅原谅了咱们，也并没把咱们丢进大牢，甚至手铐脚镣之类的东西都没给咱们戴。就连身为船长的你也是一样……"

"他只是瞧不起咱们而已吧。"

"估计也有吧，但这一切都是不争的事实。"

艾斯轻声问道："其他人都怎么样了？"

"大家都过得很好，斯卡尔的情报搜集能力很受重用，所以仍然在干他的老本行。米哈尔老师在教文盲识字。至于柯达兹……已经因为它那优异的觅食能力成了船团的宝贝。而且它还是第一个在这里找到新工作的家伙，在吃了沙奇队长给的东西后，直接黏上人家不放了。"

"海盗有属于自己的规矩，自然也有属于自己的道义……看来似乎连猫都比某人更明白这个道理啊。"

吃多少饭就该干多少活！

当年艾斯只要一在外头闯祸，山贼达丹就会用这句话教训他。

黑桃海盗团的其他船员们，也都在白胡子海盗团内找到了适合自己的工作。

"我还没输给白胡子呢……"

艾斯低声说道，

万一他承认，自己输了……

"艾斯……我的船长只有你一个人。无论你将过什么样的人生，我都愿意陪你一直走到最后。就算你仍然想取白胡子的性命，我也不会试图阻止你。但是……千万别忘了，人在做，天在看啊……"

"丢斯……"

大家都在白胡子海盗团内开始了新的人生旅程……这姑且算是他们回报白胡子不杀之恩的一种方式吧，毕竟也只有这样做，才符合海盗的道义。

"想动手,就光明正大地去干,千万别做出会让我背叛你的龌龊事情。"

丢斯语重心长地说道。

这样还没弄清自己真正的归宿的人,就只剩下船长艾斯自己了。

5

"唉……那小子今天又被老爹一巴掌扇到海里去了?"

正在莫比·迪克号的食堂里工作的料理长——四小队队长沙奇不禁叹了一口气。

对于规模庞大的白胡子海盗团而言,如何填饱所有人的肚子,以维持整个海盗团的运转,绝对是一个每天都不得不面对的难题。对混迹于海上的这帮人而言,连部下的温饱问题都没法妥善解决的团长,是注定不会有什么好下场的。

而四小队的沙奇,在成为队长后,直接肩负起了白胡子海盗团伙食总管的重任。他在身为一名厨师的同时,也是一位出色的猎人及渔夫。

"这个肉相当不错啊。"

"嗯,刚好逮到了一头很棒的霜降野牛。"

在海水过滤器得到大规模普及后,长期航海中的淡水不足问题总算得到了根本上的解决,甚至连大家在船上冲凉的梦想也已经成为现实。要是再来点放了肉的汤和面包,或者饭团跟热茶,基本上任何问题都随之迎刃而解。

"牛?这片海域居然也有牛栖息?"

"你傻吗?当然是柯达兹从岛上抓回来的了!"

"咕噜噜噜……喵。"

"这家伙的叫声还真是可爱啊。"

摆满了长条桌椅的食堂里,柯达兹正在接受来自海盗们的疼爱。

"这家伙已经彻底跟你混熟了……"

"毕竟是我第一个喂的它嘛。自从有了它,仓库里的老鼠都收敛多了,外出打猎的时候还会跑来帮忙,真是别提多招人喜欢了。还有之前路过冬岛的时候,你们是没看见,护士们为了抢这个活生生的小暖炉,差点儿没当场打起来……"

"这家伙还真受欢迎……话说沙奇队长,我好像有闻到香波的味道,你是不是连澡都帮它洗了啊?"

"不忘一餐一宿之恩的柯达兹,已经是如假包换的海盗了,它跟某个只知道吃白食的饭桶,可不能同日而语啊。"

喵,柯达兹凑到艾斯脚边,把自己团成了一个毛球。

艾斯一时说不出话,只好拿起柯达兹弄回来的牛肉,大口嚼了起来。

"话说你要胡闹到什么时候才肯罢休啊?"

"我也不知道。"

"老爹他……四皇白胡子的身体,可并不是只属于他老人家自己的东西。"

"这些我都懂。"

艾斯放下肉,喝了一口热汤。

"还你都懂?你小子懂个鬼啊?"

"白胡子的旗帜守护着这片海域。居住在鱼人岛,以及其他岛屿上的人们,都是因为他的存在而得以过上和平的日子,一旦白胡子有个三长两短……"

从四面八方伸来的掠夺之手,势必会用这些人的血把大海染得鲜红……

"说的有些道理……但你果然还是没有抓到重点。"

?

"艾斯……假如你的实力再强一些,你和你的那些伙伴们,就绝对没有可能活到今天

我们肯定会当场就把你们解决掉。"

这意味着，如果艾斯不是那种能让白胡子手下留情的敌人，队长们就会为了守护地盘，一拥而上将黑桃海盗团赶尽杀绝。

正是因为他的实力不够，才使得黑桃海盗团侥幸逃过了一劫。

柯达兹从地面上爬起来，像是在安慰艾斯一样，用自己的大舌头轻轻舔了舔艾斯的脸。猫这东西只要喂它点东西吃，它就自然会与你亲近。但对于人而言，事情可就没有这么简单了。要说为什么……

对啊，为什么呢？

自尊心作祟？他仍然在对之前的那场惨败耿耿于怀？

艾斯最初的目的，只是想在名声上超越海盗王而已。

在对父亲的恨意中长大成人的艾斯，实在是想不到还有什么其他方法，能让自己从这股巨大的憎恨中解脱出来，所以他才盯上了当年曾与罗杰平起平坐的白胡子。但到头来，这根本不是现在的艾斯能对付得了的对手。这也就意味着艾斯还远远无法超越让他恨得牙痒痒的父亲罗杰。

艾斯的迷惘片刻都不曾从脑海中散去，也正因为如此，他现在才会把自己弄得如此狼狈。

"白胡子他……"

"嗯？"

"他一直都这样吗？把企图夺走自己性命的海盗收入麾下……"

既往不咎——只是用嘴把这四个字说出来，确实是轻松愉快，但真正做起来又如何呢？

"你小子可不要想太多哦。不过我看你应该也不是那种会随便钻牛角尖的类型吧？"

"他其实……嗯，也是一个很好懂的人。"

"老爹是海盗，而且还是个言行如一的老牌海盗，所以他才会偏爱那些具有海盗风骨的人物。比如你吧，你不是曾经在战斗中为了掩护船员们撤退，而主动留下独自面对老爹吗？老爹他呀……最喜欢像你这样的白痴了。"

大概是这样吧，沙奇随后又补充了一句。

想必那时的艾斯一定是个相当出色的船长吧，至少在那一刻，确实是这样……

"我……"

"如果你想离开，没人会阻止你。可如果你打算继续留在这艘莫比·迪克号上，就应该像你的船员们和柯达兹所做的那样，以自己的方式回报老爹对你的恩情。"

咔嚓！

一个盘子裂掉了。

循着声音看去，在艾斯面前这张桌子的另一头，有一个人正在如狂风过境般享用自己的饭菜。

"哦！今天的柳叶鱼派真是好吃得要命！"

"不要动不动就把餐具打碎，提奇。"

"啧哈哈哈！哦？沙奇，你刚刚说什么来着？话说今天的柳叶鱼真是太新鲜啦！"

因为用力过猛而拿餐叉把盘子弄坏的男人，瞪着眼睛说起了瞎话。

"看来下次只能给你弄个铁盘子用了。"

"啧哈哈哈哈！"

随着这个大老粗的介入，刚刚还弥漫在饭桌上的严肃气氛瞬间消失得无影无踪。

"那家伙是什么人？"

连被山贼养育成人，如今身为海盗的艾斯都觉得这家伙的吃相实在太难看了。

这家伙的体格，怕是跟甚平不相上下，总之就是个体毛特别重的邋遢大叔。

"那是提奇……这家伙已经干海盗很多年了……"

沙奇回答道，别看他才三十岁，资格那可是相当老，连跟队长沙奇说话的时候口吻都极其随意。

"如此说来，他该不会连海盗王都认识吧？但在我看来，他好像并没被通缉的样子？"

"话说起来，艾斯……那家伙其实跟你一样。"

"一样？你指哪里一样？"

"别误会，我说的是名字……"

正当沙奇打算继续说下去的时候，艾斯抬起头，才发现那个提奇大叔已经神不知鬼不觉地来到了自己身边，正用滴溜圆的小眼睛盯着自己看。

"你小子就是那个拒绝了七武海宝座，而且身价过亿的新人吗？"

他的话里明显掺着挑衅的意思，艾斯的表情变得有些僵硬。

"你吃了恶魔果实对吧？具体是什么果实？"

"这孩子吃的是'燃烧之果'，你得了吧提奇，人家还年轻……"

沙奇说了提奇两句，算是帮艾斯解了围。

"是吗！喷哈哈哈哈！"

提奇狠狠地拍了艾斯的后背几下，拍得艾斯差点没被嗓子里的东西噎住。

"喀喀！你这——"

"我是提奇！马歇尔·D. 提奇！原来你吃的是'燃烧之果'啊……我听说恶魔果实一个个都难吃得要死，真是这样吗？"

"咳咳……味道确实不怎么样，但并没难吃到没法下咽的程度。"

对于艾斯而言，那可是自己沦落无人岛时漂来的救命果，所以根本不存在难吃不难吃的问题。

"那你小子还真走运哪……我算是知道了，恶魔果实特别难吃，但并没难吃到没法入口的地步……话说老爹和马尔高队长当年吃下的果实味道又如何呢……喷哈哈哈哈！"

噗……

提奇在放出一个巨响的臭屁后，屁颠屁颠地离开了食堂。这屁臭得差点没把艾斯的眼泪给熏出来……

"喷哈哈哈哈？你哈哈哈个鬼啊！"

"这位大叔确实行事特别随性……但他至少不是什么坏人。"

"那也够要命的了……嗯？你怎么了，柯达兹？"

艾斯的目光看向地面。

"咕噜噜噜噜……"

柯达兹趴在地板上，尾巴也盘成了一圈。

"这家伙可能是被吓到了。"

"会不会不小心吃坏了肚子？"

柯达兹哆嗦得很厉害，双眼则一直死死盯着食堂的大门不放。

6

站在甲板上的白胡子身后的，是艾斯和他的引路人沙奇。

"艾斯你等等！你说有事想跟老爹说我才带你过来的，你这是什么意思？"

沙奇明显有些不知所措。

"放心吧，我不会让你难堪的。至于我想说的事情，刚刚应该已经说得很清楚了。"

艾斯看向白胡子，沙奇则正双手抱着脑袋，拼命试图厘清事情的来龙去脉。

"我来捋一捋……艾斯，你也说过老爹有恩于你对吧，那我问你，这个恩具体指的是什么？"

"他没在伙食上亏待过我的船员们。"

"你自己也吃了好不好！"

面对沙奇的吐槽，艾斯挠了挠头，一脸的不解。

"总之就是一餐一宿之恩……有借就有还！吃多少饭就该干多少活！我……我从小到大一直都是这样做的！至于其他报恩的方式，我就不清楚了……"

能下定决心自然是好事，但他很显然还并没搞清楚自己眼下的立场。

"也就是说……你打算加入我们……成为老爹的儿子喽……"

"不。"

"哎？我又理解错了？"

"恩情……我自然会还！身为船长的我绝不能坏了海盗的规矩！所以……给我活干吧！"

一头雾水的艾斯，把关于自己的问题一股脑儿全都丢给了白胡子。

"想干活？那你这个身价过亿的超级新人，又能做些什么呢？在船上打杂吗？"

"光打杂的话，怕是连饭钱都付不起吧。"艾斯对沙奇说道，"我是真想做些什么，最好是足以卖你人情的事情……"

"居然要卖老爹人情……艾斯，你到底在打什么主意……"

沙奇再次双手抱头陷入苦恼中……

"一旦你欠了我的人情，自然就必须把人情还给我，毕竟这样才符合海盗的道义。等到了那时……我自然会再次向你提出挑战。"

"你说什么……？"

沙奇直接哑口无言，这意味着艾斯仍在觊觎着白胡子的首级，但他不会再像之前那样没完没了地骚扰白胡子，而是只有在白胡子欠了自己的人情之后，才会再次正式向其发起挑战。

听着艾斯讲完这席话的白胡子，慢慢地转过了身。

"这样吗？"

简短地回应。

"是的。"

"好吧,我答应了。你想说的只有这些吗?"

"等……等等!艾斯,还有老爹!你们先等一下!就算老爹同意了,我也不可能同意这么荒唐的事情!你都已经连续败在老爹手下好几十次了,事到如今还好意思提出这种要求?再怎么说也该有个……"

"那就这样定了,什么事都行,尽管吩咐吧。"

"那就先去刷盘子吧,你这火拳小鬼……到时候,自然会有大事交给你去办……咕啦啦啦啦。"

白胡子愉快地笑着,转身走回了船舱。

艾斯一脸严肃地目送他离开,至于沙奇,仍然是一脸的不知所措。

"唉,不过也难怪啊。艾斯……如果说你是白痴,那老爹又何尝不是个白痴海盗呢……"

"刚才的事你应该都听见了对吧,这是我跟白胡子的约定。就由你来做见证人吧,沙奇。"

"居然随随便便就想使唤前辈……但是艾斯,既然这是正式约定,那咱们就得把规矩定明白才行。"

稍微琢磨了一番之后,沙奇才再度开腔。

"首先,只有老爹正式点头表示认可之后,你才能向他发起挑战。至于你是生还是死,轮不到任何人说三道四。再就是……"

"哦,沙奇!"

刚才已经走进船舱的白胡子,又回到了甲板上。

"……老爹?有事吗?"

"从今天开始,这小子就正式成为咱们的客人了。至于他的衣食住行,就交给你安排吧。"

"我吗……知、知道了……"

"不过话说回来……你已经有莫比·迪克号的厨房需要照看了,还

是换个人选吧……我想想，提奇那家伙还蛮合适的，毕竟是个老资格，再没人比他更清楚咱们船上的规矩了。"

说完这一席话后，白胡子再次转身走回了船舱。

7

"听说了吗？'火拳'那小子，变成咱们的客人了。"

"老爹他究竟在打什么算盘？"

"人暂时交给沙奇队长管了，还特意指派了老人提奇去带他……。"

要说这一阵子白胡子海盗团里最热门的人物，那绝对是波特卡斯·D.艾斯。

光是主动招惹四皇白胡子，在大家看来就已经足够匪夷所思的了，这小子居然还为了再次向白胡子发起挑战，以客人身份留在白胡子海盗团内效力？

这究竟演的是哪一出？

"咱们这儿没什么琐碎的小规矩，做事儿只要合乎道义就成。这是老爹的口头禅。至于怎么做才算合乎道义，自然得由老爹来定。"

毕竟是老爹首肯的事情，所以没人会对此事说三道四……负责照顾艾斯的提奇这样说道。

话说这个提奇具体又是如何关照艾斯的呢？这个邋遢大叔实际上什么都没干，既没教艾斯怎么刷盘子，也没在艾斯清洁甲板和晾衣服的时候指手画脚，他只是在一旁边吃着东西，边挠自己那肥硕的大屁股罢了。

"据说要是挑战过一百次后，还是无法战胜老爹的话，艾斯那小子就会加入咱们！"

"他已经输过好几十次了吧？！"

艾斯来到传闻的发源地——莫比·迪克号的食堂，向厨师长沙奇抱怨道。

"——什么失败一百次就入伙啊……我可从来都没提出过这种条件！"

"这也难怪，毕竟这传闻的始作俑者就是我嘛。"

正低着头做菜的沙奇，从容地回答道。沙奇给白胡子与艾斯之间的约定，增加了一些具体的条件。

"既然是正式约定，那自然得有时间限制，万一你打算拖个十多年，那可不行。"

沙奇所散布的消息，早就已经传遍了整艘莫比·迪克号，从现在的情况来看，艾斯是无论如何都只能按照他的说法来了。

"我可从没说过要加入白胡子的麾下。"

"我也说过，要战胜老爹可绝没有你想的那么简单……！就算你反复试上一千次、一万次，结果也不会有任何区别。到你了，生火。"

艾斯一脸不乐意地用自己燃烧之果的能力，生起了火。

"哦哦，真不错！火可是中式炒锅的生命！我说艾斯，等你加入白胡子海盗团后，务必要来我们四小队啊，我一定会亲手把你培养成一流的炎之料理人！"

"随你怎么说吧……"

第5话

1

"新世界的霸权,也在随着时间的流逝而逐渐变化着,当年是海盗王罗杰,'金狮子'西奇,以及白胡子三足鼎立……最终罗杰和西奇退出了这场争斗,而大妈就是在那时创建起了属于她的国度。"

西奇扶着船舷边上的扶手,缓缓说道。

"现在则是白胡子,大妈,凯多,红发……"

艾斯依次道出了四皇的名字。

"红发虽然曾经是罗杰的直系属下,却并没有要继承船长意志、成为新任海盗王的意思。至于百兽凯多,就更加直白了,在我看来,他根本就算不上海盗,而是一个纯粹的无赖。剩下的大妈从辈分上来说,自然是跟老爹靠得近一些,但夏洛特·玲玲,却又是一个主动登上陆地的海盗……"

她居住在城堡中,利用成员多达数十人的庞大家族来操控自己领海内的国家。与其说他们是海盗,还是称之为黑帮更恰当一些。

"如今的年轻人们,应该都是为了冒险而进入'伟大航线'的吧,但是……"

咔嚓咔嚓咔嚓咔嚓……

随着干瘪的倾轧之声,化作一团火焰的桅杆轰然倒下。

"穿过鱼人岛深海航路后幸存下来的那三成海盗,在历尽千辛万苦后,才终于抵达新世界。然而这里早就已经处在兵强马壮的四皇支配之下了,至于那些连这点规矩都不懂的白痴,自然只能沦为任人踩躏的活靶子。"

战斗已经结束。

沙奇和艾斯脚下,横七竖八地躺着几十个不知来自何方的海盗。

"你是……'火拳'对吧！回绝七武海的那个……"

倒在甲板上的海盗，痛苦地抬起了自己的头。

这是一个并未加入任何四皇麾下的新人海盗团，他们的名号在自己老家和"伟大航线"前半段，应该也是很响亮的吧……

但在艾斯——以及沙奇面前，却几分钟不到就全军覆没了。

就算沙奇的本职是厨师，其个人实力也完全担得起四小队队长一职。他的武器是一把三尺多长的单刃剑，乍一看跟厨师用来处理大型食材的长菜刀有几分相似。

跟他实力不相上下的队长，莫比·迪克号上还有十好几个，由此可见白胡子海盗团的实力究竟有多么恐怖。而且沙奇曾经明确表示，单论剑术的话，身为五小队队长的比斯塔要远在自己之上。

"身价过亿的新人，居然也屈服在白胡子之下了吗？！"

"你可别误会，这里面的说法多了。"艾斯明显有些不爽，"话说沙奇，这帮家伙都犯什么事了？"

"他们不守规矩，在老爹的地盘上吃霸王餐，这种事情很常见。"

"吃霸王餐吗……嗯，确实很常见。"

"听好了！吃了东西不给钱的家伙，可没资格做我们的客人！"

吃了店家的饭，就得结了账再走，再没有比这更天经地义的事情了。

凡是升起白胡子旗帜的地方，都会受到队长们的保护。而他们也会以金钱、食物、燃料，以及人力等作为回报送给白胡子海盗团。既然指望不上世界政府跟海军，自然只能向四皇寻求庇护。

"我曾经认为海军才是全世界规模最大的流氓组织……但现在看来，他们在新世界的影响力并不怎么样嘛。"

在艾斯看来，就这种事件而言，应该是海军最先采取行动才对。

"他们的G支部只会设置在极少数重镇，至于海军总部，也只是效力于世界政府的军事力量罢了。"

这也就意味着，海军实际上并不是为了保护民众免受海盗之苦而

创建的军事组织。

"也就是说，像我这样的新人，在新世界根本就找不到所谓的立足点吗？"

"是这么个道理……不过红发倒是最终登上了四皇的宝座。"

曾经身为海盗王罗杰麾下船员的杰克斯，尽管很危险，却是个守规矩的海盗，海上并未出现过关于他的极端负面消息。

"收拾这些不知天高地厚的白痴，就是咱们的工作。这样不仅能增加海盗团的威望，同时还可以趁机扩张地盘。"

"就算对海盗团放任不管，它的规模也会自动壮大起来……吗？"

白胡子海盗团的旗帜，以及麾下兵力的调遣，都在无形中宣示着这片领海的归属权。

"在老爹的地盘内，毒品交易和奴隶买卖都是明令禁止的。别看老爹号称四皇，但涉及的业务那可是相当正经啊。"

"我对于最具有冒险色彩的'大秘宝'并没什么兴趣。"

"哦……这样啊……"

"但我现在逐渐开始明白，支配着新世界——这片海域的究竟是什么了。那面旗帜，并不是白胡子在耀武扬威。而是住在这里的人们，为了过上安稳的日子而主动升起来的……"

所以自己在鱼人岛上烧毁白胡子海盗旗的行为，才会被当地的鱼人们视为性质恶劣到极点的挑衅。

"在明白了这些之后，你还打算继续向老爹发起挑战吗？"

"明明想在名声上超越海盗王罗杰，却对'大秘宝'毫无兴趣，还宁愿牺牲自己也要坚守海盗的道义。我实在想不通,你究竟是为了什么，才来到新世界的啊？"

"我自己也不清楚……不，我本以为自己想明白了，但实际上却仍然一无所知……"

沙奇笑了，"你这孩子还真实在啊。"

"罢了,这样也好。你挑战老爹的事情,我保证不会从中作梗。来,继续干正事吧。"

沙奇对船员们下达了指示,船上物资一概收缴,船只直接送往二手船市场变卖。至于俘虏的海盗们……

"对这些杂鱼,应该犯不着队长你亲自出马吧?"

"话可不能这么说,人一旦被逼进绝境,什么事情都做得出来。正因为对方是杂鱼,我们这些做队长的,更要一马当先,以身作则才是。"

"原来还有这么多说法在里面。"

"那是当然,不然你可以试着把所有事情都交给手下的人去做,保证你最后吃不了兜着——"

沙奇的话还没说完,船舱的墙壁就咔嚓一声被撞了个稀碎,一个虎背熊腰的大块头随即从船舱里面走了出来。

"啧哈哈哈哈!你们这边也完事了吗?"

那人正是提奇,他正狠狠抓着一个头戴船长帽的男人——看样子应该是敌人的船长吧。好好的一个大男人,被提奇像乌贼干一样提溜着脖子悬在半空中,别提多狼狈了。

"提奇,不要每次都把船弄坏。"

沙奇说这话时一脸的无奈,可见提奇明显已经是惯犯了。

"要怪还是怪这艘小不点专用的破船吧!"

说罢就把敌人的船长像保龄球一样丢了出去。

那个吃饭不给钱的可怜家伙,在甲板上滚了好几圈之后狠狠地撞在了桅杆上,远远看过去,似乎还有一口气的样子。沙奇的部下将电话虫与看起来像是手提箱的器械连在了一起,把船长的脸拍下来后传真了过去——没多大会儿,就收到了回信。

艾斯拿起回信观看,右下角多出了一个骷髅标记。看来身为情报专家的斯卡尔,仍然在兢兢业业地干着他的老本行。

"出身于西海,人称'装睡的浣熊',悬赏金7500万贝里……"

"哦，想不到悬赏金还挺丰厚的嘛。那就把这小子交给海军好了……"

沙奇接过传真确认了一下内容。

"他们会付赏金给海盗吗……"

"放心，自然有专人代替咱们收钱。"

也就是说到时候会有专业人士扮成赏金猎人，去找海军领取赏金。

"提奇！把他绑起来，至于其他人……"

咚！

突然响起的枪声，让艾斯和沙奇赶忙回头查看。

"哦？"

只见提奇用手捂住了自己的侧肋，那只手已经渐渐被鲜血染红，他的脚边趴着已经奄奄一息的浣熊船长，这家伙手中握着的枪正在冒着青烟……

"提奇！"

"唔啊啊啊啊啊！我中弹了！"

提奇看到自己的血以后，顿时慌了神。

"喊！"

这家伙居然忘了先缴掉浣熊的枪，也太大意了吧——艾斯立刻用自己的"火枪"瞄准了敌人。紧接着传进大家耳中的，是好像青蛙被某种大型动物踩到了似的，一声撕心裂肺的惨叫……

"好痛啊，你这混蛋！"

提奇狠狠地踩在船长的后背上，这一脚让浣熊的身体瞬间变成了U字形，那力道怕是巴不得直接把人踩到甲板下面去。

他做得太过火了。

"那什么……你还活着吗，喂……"

"啧哈哈哈哈！"

看着不停狂笑的提奇，连艾斯都搞不清楚自己现在究竟该露出什么样的表情了。

"你可是中枪了啊……真的没事吗？"

"嗯？也是，喷哈哈哈哈！好痛！"

提奇仿佛这才想起来自己中枪了，赶忙捂住伤口大声呼唤船医。

"这家伙也太随性了吧……"

艾斯无奈地叹了一口气，这个名为马歇尔·D.提奇的家伙，无论面对什么样的事情都是如此歇斯底里。可这么一个奇葩，又偏偏是白胡子派来关照自己的人。

"沙奇队长！火势太强了，实在灭不掉啊！"艾斯所引发的火灾，正在疯狂吞噬着浣熊的船。

这艘船已经没救了。

所有事都交给手下去办的家伙，到头来肯定吃不了兜着走。果真是至理名言啊……

2

击败这帮不入流的海盗之后，艾斯、沙奇以及提奇，决定去最近的港口小酌一杯。

"为老爹的旗帜干杯！"

"我才不干呢！"

"喷哈哈哈哈！刚办完正事之后的大餐，真是美味得要命啊！"

大块吃肉，大杯喝酒，玩儿命战斗，提奇简直可以说是海盗的标准样板了。只要让他填饱了肚子还能有仗可打，基本上就不会惹出什么乱子来。这里也是飘扬着白胡子骷髅旗的城市，店里的老板对艾斯他们表现得非常热情。

"艾斯，那个'红发'真的是这么跟你说的？"

几杯酒下肚之后，大家的话立刻多了起来。

尽管沙奇平时做饭时经常要用到酒，但他却从来都不喝一口，毕竟厨房对他而言是极其神圣的工作场所。所以只有在别人店里的时候，他才会像现在这样喝个痛快。

"是的，杰克斯指着自己脸上的伤疤，亲口说这三道伤疤是拜白胡子海盗团的某人所赐……"

连队长都不是的区区一介普通船员？

"这事我一直都很在意，你们知道那个人是谁吗？"

面对艾斯的提问，沙奇看起来似乎想到了什么。

"红发脸上的伤疤，是我们的人……嗯……"

"怎么？这事在白胡子海盗团内部并不出名吗？"

艾斯感到很意外，毕竟能在红发脸上留下伤疤的事，那可是绝佳的八卦新闻啊。

"那个人连队长都不是，对吧……这要真是某位队长干的，肯定早就传得尽人皆知了……提奇，你听说过这件事吗？"

"……哦？怎么回事？"

"红发曾经告诉艾斯，自己脸上的伤疤，是拜咱们海盗团内的某人所赐。这事未免也太……"

"就是我啦。"

提奇一边胡吃海塞一边说道。

哎？！艾斯和沙奇一脸惊愕，呆呆地打量起眼前的大块头来。

提奇先是拿起一张披萨直接整个塞进嘴里，随即灌下一杯红酒，咕咚一声把它咽下了肚。

"逗你们玩的啦！"

"我就知道。"

"果然。"

艾斯呼出一口气，原来只是醉汉的玩笑而已……

"罢了，毕竟只是宴会上的闲谈而已。红发可能只是想用这种说法，给我来个下马威吧。"

艾斯将杯中酒一饮而尽，看到艾斯的反应，沙奇转移了话题。

"话说艾斯……你胳膊上的那个文身，究竟是什么鬼？"

如此看来，沙奇应该是早就对这件事感兴趣了，于是才趁着酒劲儿问出来。对于艾斯而言，他也已经回答过好几次相同的提问了。

"这个啊，还是算了吧，解释起来怪麻烦的。"

这事解释起来很花时间，而且并不是什么有意思的趣闻……

"此话怎讲——？"

"这个打了'×'的S，来自我已经死去的兄弟，仅此而已。"

结义兄弟萨波刚刚出海，就被天龙人的大炮杀害，之后，艾斯向弟弟路飞发誓：

"听好了路飞，咱们一定要"无怨无悔"地活下去！"

人们各有各的活法，但是咱们一定要活得无怨无悔。

"只有活下去，才能明白这其中的道理。"

萨波的死，让艾斯认识到了死亡的存在，他也正是以此事为契机，开始思考自己活下去的意义。每个人都终有一死，既然如此，我绝不要带着对父亲和整个世界的憎恨迈进坟墓。这样不仅无聊之至，而且也对不起与自己义结金兰的好兄弟。对于艾斯而言，他就连自己兄弟的名字，都不想轻易对外人提起。

"哼——"

"其实我还有一个弟弟……"

"哦，他多大了？是干什么的？"

"比我小三岁，我们一早说好等到了十七岁就出海当海盗，所以那小子应该也快出海了。"

"他很强吗？"

"他小小年纪就已经吃了恶魔果实，尽管我是在成为海盗之后才吃了恶魔果实……他当年也从来都没赢过我。"

艾斯和萨波每次对打时都记录了胜负结果，后来又多了一个路飞，但年纪最小的弟弟从来都没赢过两位哥哥。

"路飞……我就先走一步了！"

"嗯！我一定也会在出海时，变得比现在更强！"

艾斯与路飞告别后，离开科尔波山，正式出海了。路飞那小子，应该还在做着他那成为海盗王的美梦吧？但艾斯怎么都想象不到，路飞受挫之后的颓废模样……

如今高耸在艾斯面前的，是坚不可摧的四皇之壁。如果换成路飞，他会怎么做呢？

"恶魔果实吗……"酒劲儿逐渐上头的沙奇来了兴致，"我们海盗团里也有不少人吃过这东西呢，马尔高、乔兹，还有老爹……"

现在的艾斯，甚至无法逼迫白胡子使出他那堪称"怪物"的果实能力。

"在咱们海盗团里，任何人找到了恶魔果实，都有权利直接吃掉它。当然也可以拿去卖个上亿贝里……至于我最想要的，其实是你的恶魔果实啊，艾斯。"

"为什么偏偏是'燃烧之果'？"

沙奇的话明显勾起了艾斯的好奇心。

"你的手可以变成火焰对吧？可羡慕死身为厨师的我了，要是有了这双手，不就能在做饭时随心所欲地调节火候了吗？"

如果说菜刀是料理人的灵魂，那火就是陪伴料理人一生的伴侣。

"原来如此……要是你能再找到一颗燃烧之果就好了。"

艾斯当初只是被困在无人岛上时，碰巧吃掉了被冲上岸的燃烧之果而已。

"那是不可能的，我跟你讲，恶魔果实这东西可邪乎了，世界上永远都不会同时出现两颗一模一样的恶魔果实。"

"没错没错！如果沙奇队长无论如何都想吃到'燃烧之果'的

话……"

刚刚又干掉一杯酒的提奇，满面红光地拿起桌上的餐刀指着艾斯……

"就必须杀掉艾斯才行……喷哈哈哈哈！据说只有能力者身亡后，死者生前吃下的果实才会重新出现在这个世界上！"

"这也太扯淡了，我可不是那种会为了抢夺恶魔果实而杀人的混账。……这位美女，麻烦给我再来一杯红酒！"

沙奇又点了一杯酒，艾斯的脸上随即露出了苦笑。

"那除了'燃烧之果'以外……还有没有其他恶魔果实合你的心意呢？比如说能结冰的恶魔果实吧，到时候就用不着冰箱了。"

"啊，这个也没戏。'青雉'早就把它吃了。"

沙奇连连摇头。

"青雉……你说的是那个……"

"没错，就是海军总部三大将之一，青雉。"

青雉库赞，正是"冰冻之果"能力者。他与"赤犬"和"黄猿"三人，据说全都是自然系能力者。

"那变成菜刀怎么样？浑身上下都是利刃的菜刀人。"

"听起来蛮方便的……不过也没戏，估计它早就被某个职业杀手给吃掉了吧。而且我个人其实很享受研磨菜刀的那个过程。"

"喷哈哈哈哈！哪怕你做了一辈子海盗，也未必能遇到恶魔果实这种稀世珍宝啊！"

"对了提奇……真要吃的话，你打算吃什么恶魔果实？"

艾斯随口问了提奇一句。

"我吗？我啊……"

提奇瞬间就将杯中酒一饮而尽，店里的酒杯对于极其壮硕的他而言，实在太过袖珍了。

"我知道了，提奇……肯定是那个果实吧？"

沙奇脸上突然露出了不怀好意的笑容。

"哎……你是怎么知道的,沙奇!"

提奇的脸上出现了明显的动摇。

"你说的是?"

"这还用说吗艾斯,当然是传说中的'透明之果'了!据说只要吃了它,就能变成透明人!"

"不是吧?居然还有这种恶魔果实!"

"噗哈哈哈哈!被你看穿了!"

提奇挠着后脑勺吐了吐舌头。

"我当然知道了,这可是专属于咱们男人的浪漫哪!"

饭桌前的三个臭流氓,就这样开始妄想了起自己变成透明人之后所能做的那些龌龊下流之事……

不知不觉间,已经有很多小女孩聚集到了店里。她们都是住在港口附近人家的孩子,三人回头一看才发现,连她们的家长也已经聚集在自己开宴会的小店门外了。

"这些可爱的女士们,请问有何贵干呀?"

沙奇笑着迎了上去。

"这是我们的一点儿心意!"

小手们递上来的,是用野花编成的花环。

"哇塞!真是太漂亮了,谢谢你们。"

沙奇毕恭毕敬地把花环戴在了自己头上。

"那个什么,我就……不用了……"

面对孩子递过来的花环,艾斯面露难色。

"艾斯,你这蠢货!快戴上!不要伤了女士们的心!"

"噗哈哈哈哈!"

沙奇又接过一个花环,套在提奇的手指上。

再这样下去坏人就全让自己当了,艾斯只好耐着性子低下头,让沙奇把花环戴在了自己头上。

我长这么大……好像还是头一次收到别人送的花吧？还以为要等到自己下葬的时候，才会有人来到坟前献花呢……

这就是，白胡子的支配。

那个男人一定有着足以撼天动地的力量，正因为这股强大的力量的存在——才构筑起了这片属于他的国度。住在这里的人们，无不向往着活在白胡子的旗帜之下，甚至连孩子们都因为受到了那个男人的保护，而心怀感激。

力量这东西，往往是人们用来实现自身野心的武器。

但有时，它也会像巨大的漩涡一样，将人们吸引到自己身边，从而化为一股更加强大的力量。正因为如此，白胡子才会被人们称为海上的王者。

而艾斯企图击败的，就是这样的一个男人。

"大哥哥，你也是好人海盗吗？"

"哎？我……我……"

好人海盗？那是什么东西……保护地盘上居民的海盗，就能算是好人海盗吗？在其他地区的居民看来，我们仍旧只是一帮侵略者而已吧？真正的圣人君子，是不会跑来从事海盗这种职业的。

"这位小美女，"提奇弯下腰来对小女孩说道，"海盗这东西是不分好坏的哟。"

他随手把刚刚得到的花环放在面前的通心粉上，拿起刀叉直接一阵风卷残云，盘子里的东西顷刻间就消失在了他的嘴里。

姑娘们明显没想到提奇居然会把花环吃下肚，一个个都惊得目瞪口呆。

"这花真好吃啊！我说艾斯，把你的也给我吧！"

"拿去。"

"大家别管他们了！"沙奇赶忙拍起手来，"别去管他们两个了。

谢谢你们的花,话说你们中有人愿意在二十……不,十年后成为叔叔的新娘吗?"

"这个主意不错——"

"啊,有吗?"

3

莫比·迪克号的医务室,迎来了一位让丢斯无论如何都想不到的伤员。已经在船医长的许可下,全权负责伤口缝合和简单处置的丢斯,仰视着面前的高大伤员,惊得连嘴都合不上了。

"哦,是年轻的新医生吗?那正好。"

"白胡子……老大……"

极度的紧张,让丢斯一时间没太想明白该如何称呼面前的男人。艾斯现在是白胡子船上的客人,所以黑桃海盗团的成员们,应该也算是他的小弟。不过丢斯的船长从来都只有艾斯一人,而自己也不可能称呼白胡子为老爹,内心一阵疯狂挣扎后,才总算叫出了后半句的那个老大。

"那个,麻烦你帮我看一下吧。"

白胡子坐下之后,把之前一直隐藏在大衣下的手伸到丢斯面前,而后缓缓摊开。

"这是烧伤吗?"看来连传说中的怪物也一样会受伤,"觉得痛吗?伤势并不怎么严重,不过如果有痛感的话最好冷敷一下……话说这是怎么弄的?"

白胡子并没有回答。

就算嘴上不直接发问,丢斯心里其实也已经想到这烧伤的来由了。

"是艾斯吗?"

就在刚才,艾斯又向白胡子发起了一次例行挑战。结果当然是又一次被打下海的……惨败收场，事到如今大家已经搞不清这是他的第几十次失败了。

"真丢人哪……请帮我保密吧，年轻的医生。"

"您可千万别这样叫我，我只是个半路退学的医学生罢了……"

丢斯在清洁完伤口后，并未进行消毒，而是做了可以促进伤口自行愈合的简单处置。

"哦，多谢了。"

"万一感染可不妙，请务必保持手的清洁……"

"说起你们的船长……"

"哎……"

"这小子真是进步神速啊，不过我实在数不清这已经是我们之间的第多少次较量了……"

"算上刚刚那次，已经是总计第 99 次了。"

"这么精准？你有进行书面记录吗？"

"只是性格使然而已……只剩最后一次了，您觉得，艾斯他有胜算吗？"

丢斯毕恭毕敬地问道，当然他并未期待自己能从白胡子那里得到回答。

"你指那个什么输够一百次就要入伙的说法吧？那是沙奇擅自定下来的规矩，至于你们的船长，就算他再来挑战我一千次，我也随时奉陪。"

"您是在，有意栽培艾斯吗？"

"你可别把我给捧得太高了啊，这位年轻的医生……咕啦啦啦啦！"

白胡子笑了起来。

"我只是打心底里喜欢这帮试图挑战新世界的傻瓜罢了，只要他们愿意，大可选择留下来。"

他给这帮年轻人准备了一个家，只要你进了这个门，就有热腾腾的饭菜在等着你。

"艾斯他……"

他是你当年那个冤家对头罗杰的儿子,而世界政府很可能也是因为觉察到了这一点,才向他抛出了名为七武海的"橄榄枝"。万一海盗王的遗孤真的加入了四皇白胡子的麾下,会怎么样呢?丢斯每次想到这一点,都会觉得不寒而栗。到时候海军总部、七武海、四皇这三股力量之间的微妙平衡就有可能被打破,届时必将掀起一场空前的浩劫……

"嗯?"

"没什么……"

但丢斯并没有将这些心里话说出口,是否要把这些事情向白胡子摊牌,只能由艾斯自己来决定。

"艾斯只是想提升自己的名声而已,所以才盯上了您。"

"最让我想不通的恰恰就是这一点,如果他真的那么想出名,那当初就该加入七武海才是。想对四皇下手的话,也大可直接去找红发,他该不会觉得我这个老头子更好欺负吧?"

"那倒不是,他跟红发之间已经把话说开了,杰克斯当年曾经救过艾斯的弟弟,所以双方才没动起手来。"

"是这样。"

"艾斯还有一位已经过世的兄弟,不过具体的情况我也不是很清楚——"

丢斯十分谨慎地编排着自己的言辞,随即开始向白胡子讲述艾斯的人生轨迹,艾斯的父母在生下他之后就都去世了,所以他憎恨这个大海盗时代,是山贼将他抚养成人,兄弟三人约好满十七岁就出海做海盗——最先出海的兄弟刚刚起航就被天龙人所杀。但对于艾斯身为罗杰之子的事情,他只字未提。

"原来如此啊……"这段叙述进一步加深了白胡子对艾斯的了解,"我现在多少有些明白了,那个火拳小鬼心里……其实并不是很想做一个海盗。"

"这个……"

"他只是在履行自己与兄弟之间的约定而已……世界贵族天龙人……让他一直无法释怀的,原来是这种东西吗……"

也许……是这样吧。

艾斯之所以想名扬天下,都是为了消除自己心底对父亲的那股恨意。所以成为一个海盗对他而言,只是用来实现自己心中夙愿的手段罢了。

"艾斯……很可能压根就没弄清楚自己究竟想得到什么……"

"其实大家都一样,年轻人更是如此……"

只有那些自作聪明的白痴,以及已经放弃拼搏的老者,才会自欺欺人地认为他们已经搞清楚自己想要的究竟是什么。

"我在上了这条船,并为大家进行治疗后,才渐渐切身感受到……自己当初之所以和身为医生的父亲闹翻,放弃学医选择离家出走,为的究竟是一个多么无聊而渺小的理由……"

"话可不能这么说,只要是发生在孩子跟父母之间的问题,无论因谁而起,肯定都是大事。"

"多亏我遇到了艾斯,还有黑桃海盗团的同伴们,才能一路走到今天。这一切都是拜艾斯所赐,可是我……我除了远远跟在他身后,看着那些艾斯一幅幅展现在自己面前的绝景以外,根本什么都帮不到他……如今的艾斯,正身陷迷惘中。心底的那股恨意,既是可能造成他自我毁灭的诱因,又是让他不得不活下去的理由。在撞到您这道铜墙铁壁后,他心中的矛盾,终于再也无从遁形了。"

包括一直仰仗着艾斯的丢斯在内,黑桃海盗团撞上了名为白胡子的巨浪之墙,转眼之间就分崩离析……

"我说医生,你干吗总是说些那么难懂的话呢……咕啦啦啦啦。"

大笑着的白胡子,怕是已经看穿了面前这个名为丢斯的年轻人吧。

"我可不是什么铜墙铁壁,你们的私事当然也轮不到我操心。"

"那是自然,这下都搞不清楚究竟谁才是医生,谁才是病人了……"

"墙壁这东西,从来都只能盖在你们自己的心里。人这东西啊,也注定只能成为自己想做的那种人。"

4

"做我的儿子吧。"

面对觊觎自己性命的艾斯,白胡子却伸出了他的大手。

凡是在海上混的人都知道,白胡子海盗团的所有队长,全都已经被白胡子收为义子。就连麾下其他海盗团的船长们,也都在与白胡子本人以及队长们喝过结义酒之后,成了义父子义兄弟的关系。正因为如此,整个白胡子海盗团,才会统一称呼爱德华·纽哥特为"老爹"。

世界政府用"司法与正义"支配大众,而海盗则用"旗帜与结义酒"建立关系,扩大组织规模。眼下,身在整个海盗世界巅峰的人,绝不是一个单纯的毁灭者。最近脑海中常常会想起那些在小店里送花给自己的女孩儿们,至于所谓的四皇,真的只是对雄踞一方领海之人的称呼而已吗?艾斯在白胡子的地盘上经历了许多场战斗后,终于意识到了这个问题。

——做我的儿子吧。

父子结义酒,在海盗的世界里,完成这项仪式,就意味着成为对方的手下。但对身为罗杰遗孤,也就是所谓"鬼之子"的艾斯而言,这世上居然有肯收自己为义子的人存在一事,无疑给他造成了前所未有的冲击。当然了,那时候的白胡子,还并不知道艾斯真正的身份。

"如果我说出真相,事情又会变成什么样呢……"

艾斯靠着船舷边的扶手,轻声自言自语道。

白胡子心中究竟如何看待罗杰,这种事情可不是现在的自己所能参透的。按照世人们公认的说法，他们是势均力敌的冤家对头……

"所以这次，沙奇不会来了。"

提奇说道。

这次只出动了一艘挂着白胡子海盗旗的快速中型船。

"嗯？沙奇这次为什么不跟咱们一起去来着？"

"那我可要开始墨迹了啊，你滴明白？"

这个一旦暴走就刹不住车的大个头提奇，已经跟着白胡子在海上驰骋好几十年了。能被白胡子收为义子，自然意味着他肯定有两把刷子。

"啧哈哈哈哈……！咱们这次要去某座岛上！狠狠收拾一帮胆敢践踏老爹旗帜的混账王八蛋！教教那帮不懂事的瘪犊子！什么才是海盗的道义！"

"说白了就是让我去修理一帮人对吧。"

"啧哈哈哈哈……正因为如此这次才没有沙奇同行啊！老爹已经把这趟任务全权交给你负责了……艾斯！"

是想用这场战斗试试艾斯现在的器量吗？

这意味着提奇这次纯粹就是为了观战而跟来的，真是简单明了啊。

已经可以看到他们此行的目的地了。

深夜中——在镶嵌着无数星星的夜空之下，漆黑的海面上，许多好似渔火般的光芒隐隐约约地摇曳着。如此看来，那应该是一座规模比较大的城镇。

重点是，它坐落于白胡子的领海之外。这座岛上发生了某些必须尽快处理的问题，于是白胡子派出了艾斯。

而相应的回报，就是挑战自己的权利——第一百次挑战。很有可能也是艾斯的最后一次挑战……

"有些话我必须事先跟大家说清楚。"

艾斯把大家召集了起来，

"这次的任务，将由我波特卡斯·D.艾斯一手负责指挥。但我既

不是你们的队长，也不是白胡子海盗团的成员，所以想必并不是所有人都对这趟任务感兴趣，如果谁不想在我的手下出任务，大可趁现在直接退出，我保证概不过问。"

听了艾斯的话，大伙儿面面相觑。但这毕竟是老爹亲自指派的任务，所以大家都抱着类似"那就让我们见识一下你的本事吧"的态度，全部留了下来。

"既然如此……就出发吧。沃雷斯，班西。"

艾斯点了两个黑桃海盗团成员的名字。

"艾斯船长……"

"你们当真不介意由我来指挥吗？"

班西看起来，似乎对这次行动并不怎么积极。

"这是由丢斯制定的计划，突然杀进去自然也可以，完全照丢斯说的去办……也不符合我的作风。我要用自己的方式，完美地拿下这座城镇，请你们助我一臂之力吧。"

5

波多齐巴拉尔塔岛。

这是一座欣欣向荣的城镇，港口里停泊着众多的船只。酒吧，娱乐街区……遍地都是能激起船员们消费欲望的店家。不仅仅是海盗，连那些有正式工作的客船乘务员，甚至是海兵——都常常会心甘情愿地把自己冒着生命危险、通过远途航海好不容易挣回来的那点儿钱，在短短一个星期里统统砸在这里的美酒和女人身上。至于这帮冲动消费的爱好者们，自然一辈子都只能活在社会的最底层……

今天晚上，正是这里一年一度的超级狂欢夜。

整座城镇被装扮得五彩缤纷，就算到了夜里也仍然亮如白昼。观光客们，无论大人小孩，全都穿着奇装异服来到室外感受这股热烈的气氛。到处都提供免费的纪念摄影服务，小巷里的露天美食摊一排接着一排，每个摊位前挤满了人。而这帮消费者们心甘情愿掏出来的钱，则正在这个花花世界的表面和地下，经历着属于它们的循环。

"喂，这温乎乎的酒是什么鬼？马尿吗？"

赌场。和式房间内，一帮赌徒正用色子赌得不亦乐乎。出入这里的大多是在海上混的人——也就是海盗和海兵们。今晚又刚好是狂欢夜，所以生意比平时更加火爆。而伴随着客流量的增加，自然也会有更多喜欢找茬的家伙混迹其中。

"又输了！从刚才开始就一直跟我买的反着来……你们怕不是出千了吧？"

"大佐，就算您是海军，也不能毫无根据地胡说八道……"

负责看场子的男人，顶了趁着酒劲儿乱说的客人一句。你说店里的酒难喝我就也就忍了，但你说店里出千那可绝对不行。

但是明显已经喝醉了的大佐，却没有半点要收敛的意思。

"唉……"

凭自己是镇不住这位爷了，那该如何是好呢……看场子的那帮人暗中一番沟通之后，又一个男人出现在了赌场中。

"大佐，您好……今天又大赚一笔吗？"

一头猩猩赫然跃入众人眼帘，确切地说是个全身肌肉……脸上戴猩猩面具的大汉才对。

"哦，奥利巴手下的那个谁！你家的赌场，一点儿油水都捞不到啊！"

大佐看着猩猩面具男，继续醉醺醺地抱怨个不停。

"哼……酒品真差。"猩猩面具男拍了拍大佐的肩膀，"大佐，今天还是请回吧，您吓到其他的客人们了。"

"你说啥……"

这略显不讲情面的逐客令，明显让大佐的心情变得更差了。

"对了,您在我们这儿赊了不少账,请务必在离开之前一次性结清。"

猩猩面具男"嘎叭嘎叭"地掰响了自己的指关节,在场的客人们这才注意到,他的每根手指上都带着分量十足的纯金大戒指。而站在他身边的秘书,在用算盘快速完成计算后,直接开出了账单。常言道愿赌服输,被明晃晃地写在账单上的数字,已经相当于总部大佐好几年的工资了。

"这是什么鬼!"

"真不愧是海军总部的大佐阁下,连输都输得如此畅快淋漓。"

"这算什么!出千的黑店,休想从我这儿拿走一分钱!"

"大佐,您应该知道这座城镇挂着谁的海盗旗吧?"

跟店家挂轴一起悬挂在赌场正门上方的,正是白胡子骷髅的旗帜。

听到这句话后,大佐明显是有些怂了,但还是在为了自己那可怜的尊严而死撑着……

"白胡子……又怎么了!我可是海军总部的——唔唔……"

嘭……

一声闷响过后,酒杯在空中划过一道弧线。

猩猩面具男狠狠地挥拳揍了海军大佐,才一拳而已,大佐就已经倒在地上晕过去了。

只见面具男的戒指在大佐脸上留下了令人触目惊心的伤痕,被拳头打中的那半边脸甚至已经深深地凹陷了下去……

男人缓缓摘下了猩猩面具,面具后面出现的……果然还是猩猩,具体说应该是人类和猩猩三七开的脸……

"就算你是海军的人,谅你也奈何不了我……白胡子的这家赌场吧。"

在用大佐那绣着"正义"两个大字的大衣擦干净沾在自己拳头上的血之后,猩猩男——奥利巴开始命令小弟们清理现场,顺便安抚受到惊吓的客人。

随后两个大腹便便、浓妆艳抹的中年女子向奥利巴走去，把自己负责保管的两个小手包，交还给了奥利巴。那两个包里面，塞满了成捆的现金。

"好了好了！都过去了！"奥利巴用力拍起手来，"助兴的小节目而已！今天可是一年一度的狂欢夜！大家尽情赌个痛快吧！"

6

位于背街小巷的酒吧里，已经把家人送去参加狂欢夜的老爸们，还有那些对活动并不感兴趣的家伙，正在以酒会友。

在这个年代，只要闲人们凑到一块儿，话题十有八九都会围绕海盗展开。

"高路德·罗杰都死了好几十年了！早就不再是那个属于海盗王和'大秘宝'的时代了吧！"

一个穿着打扮要多邋遢就有多邋遢的小混混，在酒吧里面嚷嚷了起来。

"你说的没错，罗杰确实是这世上最混账的人渣。"

坐在他旁边的年轻男人接了一句。

这人正是艾斯。他把帽檐压得很低，身上披着披风，明显是一副浪人的打扮。怎么说也得在表面上走个过场，表示自己是来参加活动的，于是就在路边小摊随便买了副面具戴上了。其实他也是在东西到手之后才觉察到——这个带胡子的面具，似乎是以白胡子为模特制作出来的。

"哦？这位兄弟跟我观点一致吗？那就对了，早就不再是那个凭力量说话的年代啦！冒险？藏宝图？那些东西真的值得大家拿命去赌吗？"

"别急嘛，先来一杯。"

艾斯给这个抻着脖子喊得面红耳赤的小混混，倒上了一杯酒。

"这位兄弟真大方，谢了。话说，咱们刚刚说到哪儿来着？"

"这座城镇的负责人。"

艾斯主动搭上了在商业街活动的小混混，并从他们口中打探当地的情报。

"那当然是奥利巴先生了！老奥利巴去世之后，已经轮到小奥利巴子承父业了！"

"这个你刚才已经说过了，话说老奥利巴是个什么样的人呢？"

"哦，老奥利巴吗？怎么说呢……是个不好不坏的老套海盗……说什么这个不行，那个也不行，总之定了一大堆乱七八糟的规矩……"

"白胡子的地盘上确实说法很多，比如不能买卖毒品……"

"还有奴隶交易……"

白胡子将鱼人岛列入自己地盘的行为，已经在无形之中告诉世人，他很看不惯种族歧视和奴隶交易。

"像波多齐巴拉尔塔这种人来人往的地方，就算躺着都能轻松把钱赚了。赌场、格斗大赛，还有演唱会，娱乐节目是要多少有多少……连这种不起眼的小酒馆，利润都相当可观。但是老奥利巴却为了获得白胡子的保护，而在岛上彻底禁止了奴隶交易……"

已经喝得醉醺醺的小混混，打开话匣子抱怨个没完。说是自己当初曾经以蛇头的身份风光过一阵子，而如今只能靠偷鸡摸狗的本事潦倒度日。

波多齐巴拉尔塔这座港口城镇的收入，主要来自赌博和娱乐产业。而围绕这两大产业建立起来的饮食业、宾馆业、造船业、市场……全部都在奥利巴家族的掌控之下。他们也通过将收入的一部分缴纳给白胡子，得到了足以与数万兵力相匹敌的白胡子海盗旗所提供的庇护。

至于世界政府和海军，则对这里不管不问，或者应该说，就算想管也是鞭长莫及。不过海军的舰船偶尔也会在这里靠岸，不过看在彼此的面子,以及被偷偷塞进军官兜里的红包上,好歹也能做到相安无事。对于身为世界政府走狗的海军而言,他们无时无刻都在找机会分裂四皇的领海,以达到削弱四皇实力的目的。

"这里遍地都是赚钱的好机会!所以小奥利巴上位之后,直接进行了大刀阔斧的改革。管得终于没有那么严了!"

"能深入探讨一下吗?"

艾斯确认了一下四周没有其他人后,偷偷摸摸地掏出一张照片来。

"我说兄弟……这不是人鱼吗……"

这张印着人鱼少女的照片,同时还附带一枚崭新的人鱼鳞片。

"没错。这孩子曾经是'美人鱼咖啡店'的服务员。"

"你该不会……"小混混顿时两眼放光,他压低声音问道:"人在你手上吗?"

颤抖的声音背后,是完全掩饰不住的兴奋。

掌握奴隶交易渠道的人,基本都是海盗之类的罪犯,以及世界政府非加盟国的居民。

而奴隶的价格,则与他们的种族、性别等条件息息相关,其中最抢手的就是人鱼族的女孩,少说也能卖出几千万贝里。如果你有本事把人鱼女孩弄到香波迪群岛的拍卖会上去,天龙人肯定愿意为了把她弄到手而一掷千金。

"我手上有货,可一直苦于找不到销售渠道,然后就听说了这里的事情……其实我也吃过一次白胡子的亏,而且我是真心不想做出违反道义的事情……"

"道义?道义个屁……白胡子?他也只是个混账海盗罢了!"

"他跟我们镇上的混蛋有什么区别?偷东西,抢劫,杀人……消灭一切挡自己路的人,坐上恶势力的头把交椅之后,道貌岸然地说什么'不可以进行奴隶交易',这有个屁的说服力啊!说白了,大家都是同样在掠夺别人罢了!海盗夺走别人的性命!人贩子夺走奴隶的人生,

其实谁都没比谁好到哪儿去!"

看来他的嘴皮子确实相当灵光,艾斯对眼前的混混倒有些刮目相看了。

"我只是打个比方,你可别当真。万一我的人鱼……趁我没注意的时候,跑了出去,结果让人擅自抓去卖了,那我也只能认栽对吧?"

"没错,只能认栽。"

"那就五五分账吧,我想尽快丢掉这块烫手山芋。"

艾斯开始飙起了演技。

"三七分。"

"你也太贪了。"

"到底是谁贪?明明是我的风险更大好吗?"

"也罢,不过我只有见到货之后才会给钱。"

艾斯偷偷把照片和鳞片塞进了小混混的怀里。

照片是艾斯的船员们之前去"美人鱼咖啡店"逍遥时拍的,至于鳞片……

"哦哦,这可是高级货啊!这种高级货你怕是玩不转吧?罢了,价钱就交给奥利巴先生来定好了。"

"我要等到什么时候……才能跟奥利巴先生见面?"

"今晚可是狂欢夜……一年才这一次啊。奥利巴先生都忙疯了,不过既然是人鱼,那当然需要特殊对待。你等着,我这就去帮你联系!"

小头目疯狂地卖了艾斯一番人情,随后转身离开去找他的顶头上司了。

7

夜更深了。在离波多齐巴拉尔塔中心街区没多远的广场上,设有一座巨大的帐篷。这里常年提供马戏表演,白天这里总是挤满了举家出游的观众,但现在马戏团早已打烊,而帐篷内自然也是空无一人。

嘎啦……

夜路上,出现了拉着货车的人影。那货车上载着一个大大的木箱,负责拖拽货车的人,脚上铐着脚镣。跟在货车后面的苦力们也跟拉车的人一样戴着脚镣,身上还背着看上去就十分沉重的货物。

"来了吗?"

在货车前带路的艾斯,从入口走进马戏团的帐篷后,早已等在后台的小混混才终于现身。

艾斯无言地点了点头,示意那个被铐着脚镣的人把货车也弄到帐篷里来。车才刚刚停稳,负责拉车的人就累得跪在了地上。

"哦,你还有鱼人奴隶哪?"

"这玩意很擅长干力气活。"

艾斯回答道,我们这才看清,负责拉车的正是鱼人沃雷斯。

"那人鱼货呢?在箱子里面吗?"

"没错。"

货车上的木箱侧面,写着令人一目了然的 MERMAID 字样。

"我得在请奥利巴先生来之前,先验验货。"

听到小混混的要求后,艾斯打开了木箱上的小窗口。

透过这个窗口,可以清晰地看到人鱼的尾鳍。

放我出去。

女孩沙哑的声音中,充满了恐惧。

"哦哦!"

小混混验完货之后异常兴奋,女性人鱼至少也值几千万,万一碰上出手阔绰的买主,卖出上亿的价钱也说不定啊!

"我想尽快完成交易。"

"你别急,我这就帮你引荐奥利巴先生。"

小混混拨通了电话虫,开始联系自己的顶头上司。

"已经谈妥了。"小混混挂断了电话虫,"奥利巴先生很快就会过来,咱们先坐下等等吧。"

"好。"

艾斯很随意地坐在了旁边的椅子上。

"话说,另外一个大箱子里面,装的又是什么啊?"

小混混看到了放在人鱼箱子旁边的另一个大家伙,于是随口问道。

"那是我的另一件商品,不过我劝你最好别偷看,万一吵醒那头熟睡中的猛兽,可就不妙了。"

"真够吓人的了。"

小混混赶忙和货车间又拉开了一段距离。

"我在路上看到镇上的狂欢夜活动了,弄得相当热闹啊。"

"那是当然,这可是奥利巴先生一手策划的!"

"他是个什么样的人?"

"简单来说,我从来没见过比他更加纯洁的人。"

"纯洁……"

大赚一笔——狠狠大赚他一笔——

帐篷外突然传来了洪亮的声音。

唰!

一个身着华丽条纹西装的高大男人走了进来,皮肤晒得黝黑,脑袋上顶着泾渭分明的发型。十根手指上都戴着金块大小的纯金戒指,身边则跟着两个浓妆艳抹的中年女性和一个把算盘夹在腋下的秘书。

这家伙的长相和体格,都跟猩猩十分接近。

"那就是你所谓的……纯洁吗?"

"奥利巴先生可是纯洁到只喜欢赚钱的大好人哦!"

"喂,那个谁。事情办得怎么样了?能大赚一笔吗?"

猩猩——奥利巴举起手来说道。

"多亏了您的策划,今年的狂欢夜也是大获成功啊!"

"看到大家都赚得盆满钵满自然最好！"

看来这里的生意是真的很火爆。

"这一带的人们，为了享受这个晚上，都勒紧裤腰带工作整整一年了。而咱们就负责用各种方法，让这帮家伙把自己辛辛苦苦攒的那点儿钱再从腰包里面掏出来。这就是所谓的成熟商业模式！"

"真不愧是奥利巴先生，太牛了！今天晚上，请让小的我也风光一回吧！"

"当然没问题，听说你谈成了一笔大买卖？"

奥利巴这才把目光投向艾斯，他的目光可谓十足，如果换成普通的老百姓，怕是已经被他的这一眼吓得坐在地上了吧。

"感谢你在百忙之中抽身……"

艾斯戴着帽子向奥利巴点头致意，他甚至连脸上面具都没摘。

"跳过这些没用的场面话吧。看你年纪轻轻的，居然也能弄到这么高级的货色……就是那个吗？"

奥利巴看向货车上写着 MERMAID 字样的木箱。

"我这就把箱子打……"

咔嚓咔嚓咔咔嚓！

奥利巴挥起戴满了大金戒指的拳头，转眼就把装着人鱼的木箱轰了个稀碎。

装在箱子里面的，确实是人鱼没错——

"哎哎哎哎哎哎！"

负责牵线的小混混发出了撕心裂肺的惨叫声。

他像是疯了一样地拽着艾斯往远处跑了好几十步……

"你干吗？"

"那……那是什么鬼！跟照片差得也太远了……这根本是个大妈好不好！有这么骗人的吗！拜托！"

小混混掏出艾斯之前交给自己的照片，指着上面的美少女人鱼对

着艾斯狂吼。

装在木箱里面的,确实是如假包换的人鱼。但却是鱼尾已经因为上了年纪而完全蜕变成双腿的,大妈人鱼——班西。

"她就是照片上的人鱼啊,难不成你的视力有问题?"

"如果我的眼睛有问题!那你小子就是从你妈嘴里生出来的!"

疯狂吐槽艾斯的小混混,已经对自己今后的人生充满了绝望……

而奥利巴——则一脸茫然地注视着刚刚从木箱中现身的大妈人鱼班西。

"啊……哦哦……"

"你看什么看?"

姑且穿上了人鱼同款性感泳装,还临时化了妆的班西,恶狠狠地瞪了奥利巴一眼。

可能是因为受了太大的刺激吧,目瞪口呆的奥利巴,半天才回过神来。随后他居然羞答答地挥手示意小混混过去找他,这次两个人也是一溜烟跑出好远才停下。

艾斯拧了拧脖子,他意识到事情似乎开始朝着诡异的方向发展了……

"喂,我问你……这究竟是怎么回事?"

"抱歉!奥利巴先生!那家伙是存心拿假照片蒙咱们……这也太阴险了!我一定会狠狠教训他的!那个谁!居然敢挖坑让奥利巴先生跳,今天的事儿休想就这么算了!"

"真正的人鱼……实在太美了,美得简直让人魂飞魄散……"

"没错,美得简直让人……您说什么?"

小混混的脑子里瞬间乱成了一锅粥。

深情凝视着班西的奥利巴,俨然一副已经被"绝世美女"勾魂摄魄的表情。

"奥利巴先生,我记得您的视力,应该没有问题啊……"

"男人这种生物，在倾国倾城的美人儿面前，从来都是盲目的……那，那边的年轻人！"

奥利巴明显是在说艾斯。

"老板，有何吩咐？"

"这位人鱼公主，我买了！我才不会送她去奴隶市场……本人要亲自掏钱为她赎身！"

奥利巴的眼神把班西大妈从头到脚观察了个遍，当场给出了他的结论。

"那个……"

艾斯尴尬地挠了挠头。

小混混赶忙快步跑到艾斯身边，把嘴贴近他的耳边，小声说道。

"喂！别讨价还价了……趁他还没改变主意之前赶快完成交易吧！"

"不，我……"

"奥利巴先生他，好像是看上那个大妈人鱼了。"

"喂喂喂，他不是吧？丢斯的计划中，可没料到这一步啊……"

"计划？"

"不……"

"快别废话了！你不是都看见了吗……总之那个人就是喜欢年纪比较大的熟女啦！"小混混直接把手指向了跟在奥利巴身边的那两个浓妆熟女。"你这算是瞎猫撞上死耗子了，别那么紧张，笑，笑起来！你现在只要微笑着眯起眼睛完成交易就OK了！"

"知道了知道了，你们等一下，我最后再跟她聊聊。"

"啊……跟眼看就要卖掉的奴隶还有什么好聊的！"

"这你就管不着了，我毕竟也是生意人嘛。"

艾斯单独走到班西身边，对她小声耳语了几句。

"艾斯……这究竟是怎么回事？"

"我也不清楚,不过事情进展得似乎还算顺利,接下来就按原计划行动吧……"

艾斯暗中向班西示意了一下藏在自己手心的小纸片,那是班西生命卡的一角,一种可以自动标识出主人所在位置的特殊道具。艾斯此行的真正目的,其实是在波多齐巴拉尔塔岛上挖出整个地下奴隶交易市场的全貌。

至于这样做的原因——自然是为了给那些胆敢践踏白胡子海盗旗的家伙们一个教训。

"好吧好吧,我配合就是了。"

"总之,这次委屈你了。不过那个混账好像是真的对大妈你有意思啊,你打算怎么办?"

"怎么办……这还用问?我怎么可能看得上那种猩猩呢!"

"可是大妈你都这把年纪了,而且身在海盗这种行当,可是很难遇到如意郎君的啊。"

艾斯明显把他的体贴用错了方向……

"我才看不上这种头重脚轻的年轻人呢!我喜欢的是像白胡子老爷子那种饱经风霜的大叔,还有像沙奇老板那种能做一手好菜的男人。"

"喂,还没说完吗!"

小混混明显是等得不耐烦了。

艾斯转过头丢给他一个笑容。

双方其实都对价钱并不在意,但是奥利巴却坚持按照年轻人鱼的市价进行交易,艾斯也不想跟他废话,当场直接就同意了。

奥利巴的跟班秘书随即拿出一个装满了成捆现金的手提箱,艾斯作势清点了一下钱款。

"数目没有问题。"

"交易愉快,什么时候进了新货记得再联系我!"

说罢与艾斯亲切地握了握手。

"奥利巴老板，请容我打听一句，你平时都是怎么进行奴隶交易的呢？"

"哦，你算问到点子上了……喂！"

奥利巴对着贴身秘书使了个眼色，秘书快步走向马戏团帐篷的支柱，按下了隐藏开关。刚刚还一片漆黑的帐篷内，瞬间被照得灯火通明。

艾斯看到眼前的光景后，深深地吸了一口凉气。

出现在他们周围的，是已经堆成了小山的铁笼。提到马戏团，大家肯定会首先想到猛兽表演。而那些笼子里面关着的正是狮子、熊、大象，以及众多正等着被交易的奴隶……

这些种族各异的奴隶们，在看到奥利巴之后，有人吓得浑身发抖，有人已经彻底麻木，还有人锤着铁笼破口大骂。

"用马戏团，给奴隶交易打掩护……"

这正是艾斯最不想看到的一幕，对于他而言，奴隶贸易可是直接跟天龙人画等号的。

"毕竟是四处巡回演出的马戏团，所以就算笼子里面混进一些奴隶，也不会引起人们的注意。"

只要足够年轻，那无论奴隶的性别如何，最后总能找到买主。但是白胡子不许任何人在自己的地盘内进行奴隶交易，所以这里往往抓不到什么能卖出大价钱的奴隶。男性基本都是小有名气的海盗，女性则大体都是些歌手和舞者，再就是以人鱼族为代表的极少数高级货。

艾斯向奥利巴发问：

"居然敢在白胡子的地盘上养这么多奴隶……你不害怕吗？"

"当然了，反正当年跟他结义的人又不是我。"

"话是这么说没错……但根据我的所见所闻，这座岛确实至今也仍然处在白胡子海盗旗的保护之下啊。"

"海盗旗吗……那个人情世故大过天的时代已经结束了。"

奥利巴的语气出现了明显的变化。

哐！

他狠狠地一脚踹在离自己最近的笼子上，凶神恶煞地吓唬着正被关在里面的奴隶们。

"此话怎讲？"

"新的时代即将到来，对于海盗而言也是一样。早在咱们这些年轻人还小的时候……不，应该说是咱们还没出生之前吧，罗杰就已经死翘翘了，我才不会像那些白痴一样，被那个所谓的惊天宝藏传闻骗得团团转！梦想这东西，不是用来追寻的！而是用来忽悠别人赚大钱的工具！如今已经不再是那个只凭力量说话的时代了！'大秘宝'……一大帮人出生入死，才好不容易找到那么几个小钱……这不是傻瓜吗？看看这座城镇吧，只要头顶蓝天，脚踏大地，勤勤恳恳地耕耘，就能用钱生出更多的钱！那些路过的客人们会乐呵呵地主动把钱送到你手上！要让我说，钱就是无所不能的神！"

"那道义呢？白胡子可不会对奴隶交易坐视不管啊。"

"当然是直接自立门户明着来了……到时候就用不着再顾忌他的面子了。"

奥利巴的脸上，始终是一副游刃有余的神情。

这件事背后果然还有其他人。

艾斯慢步走近其中一个笼子。

精神上明显已经不太正常的年轻鱼人们看到有生人靠近，争先恐后地退到笼子的角落里。

"也就是说，你完全不惧怕白胡子对吧？"

"一个连面都没见过的人，哪来的什么怕不怕呢？白胡子白胡子，随便到哪儿都能听到他的名字。这座波多齐巴拉尔塔岛上，只需要一个海盗执掌大权！"

"只需要……一个海盗吗……"艾斯终于触及到了整个事件的核心，"在幕后操控奴隶交易的，究竟是谁？"

说罢他狠狠看向奥利巴，艾斯心里清楚，就算整个波多齐巴拉尔塔岛都在他的控制之下，他也不可能只以一己之力包办整个奴隶交易链条。

沙沙沙——

帐篷外响起了嘈杂的脚步声，这里明显已经被许多人包围起来了……估计应该都是奥利巴手下的走狗吧？

只见奥利巴把他的手包交给了身旁的中年妇女代为保管："这位兄弟……你应该是白胡子的人吧？"

"不。"艾斯摇了摇头，"我并不是白胡子的人，但是我懂他的规矩，白胡子海盗旗下不允许进行任何奴隶交易。你之前的所作所为，我可以既往不咎。但你必须彻底捣毁这座帐篷，并就自己的愚蠢行为向白胡子道歉。"

艾斯发出了警告。

"既然你不是白胡子的人，那为什么还要站出来替他说话呢？"

"因为我吃过他船上的饭。"

"啊……"

"吃了多少饭，就该干多少活。"

艾斯表明了自己的立场，这与利益无关，而是身为一个海盗的他所遵循的道义。

"既然如此，今后就在我手下吃饭如何？今天可是狂欢夜啊……就看你有没有那个意思了。"

"这世上可并非只有白胡子一位四皇哦？没有必要死抱着同一面旗帜走到黑，自甘堕落的国家，收受贿赂的海军，甚至天龙人，其实也都是不错的选择！"

这家伙背后果然还有其他势力……

"原来如此……你已经把地盘出卖给其他人了吗？"

"说实话，我已经在考虑是否要正式加入那边了。"

艾斯简直不敢相信自己的耳朵。

然而这正是奥利巴的自信之源，这家伙居然在预谋将自己父亲生前与白胡子缔结的盟约一笔勾销。

"加入其他人麾下？你该不会是打算做一个两姓家奴吧？你父亲生前曾与白胡子结盟，对于身为他继承者的你而言，白胡子就相当于你父亲的义父。而你现在居然说出什么……自己正在考虑加入他人麾下的屁话来？你知道这意味着什么吗？！"

总之肯定不是什么好事……

帐篷内的空气，突然颤抖了一下。

货车上的另一个木箱里发出了诡异的声响，笼子里的野兽们顿时被吓得惊慌失措。

就在旁观者以为货车只是抖了一下的时候，它的车轮突然崩飞了。

咔嚓咔嚓咔嚓咔嚓咔嚓！

木箱被从内侧打破，一只巨大的生物出现在了众人眼前。

"是一头巨熊？！"

小混混再次惨叫起来。

"不，只是个戴着面具的人而已。"

艾斯叹了口气，尽管他戴着熊的面具，但百分之百是个人类。

"哦哦，又出来了一个大块头！这家伙也是你的商品吗？"

奥利巴抬起头，观察起眼前这个比自己还要高大许多的面具男来。

"臭小鬼！就是你小子打算背叛白胡子？"

"什么……"

"喂，你怎么出来了！"

艾斯冲着面具男——提奇喊道。

"啊？"提奇站在已经变成一堆碎木头的货车残骸上回过头看向艾斯，"这还用得着问吗？一时兴起呗。"

看提奇的眼色，明显是准备开战了。

奴隶藏匿地点和奥利巴的真正意图已经查了个水落石出，确实已经到算总账的时候了。

负责拉车的沃雷斯和其他海盗们纷纷拆掉了自己身上的脚镣，随后拿起了之前藏在货箱里面的武器。

与此同时，奥利巴那些埋伏在帐篷外面的手下也杀了进来。

"呀！"

帐篷内再次响起了小混混的惨叫声。

班西自己挣脱了枷锁，一甩膀子把小混混丢出去老远，随后回到了艾斯身边。现在的情况是，奥利巴的手下们包围了艾斯一行人，而艾斯一行人又将奥利巴包围在最中间。

"看这个情况，你是从一开始就算好了要在我这儿大赚一笔啊。你的胆子还真不小……但用不了多久，就会又有几百名我的手下加入围剿你们的行列之中！"

"就算他们来了又怎样……"

"不过是连自己的旗帜都没有的乌合之众罢了……啧哈哈哈哈！"

艾斯站在眼看着下一秒就会扑上去把敌人撕成碎片的提奇身边，下达了最后通牒。

"奥利巴，你真的不打算去向白胡子赔罪吗？"

"我凭什么要去向他低头！你们这帮人有一个算一个！统统都会被我捆成粽子沉入海底……喂！把那东西放出来！"

随着奥利巴一声令下，秘书随即转身跑向角落，迅速扳动了一个巨大铁笼的拉杆。

咔嚓！铁笼的笼门应声而开……

哼哼哼哼哼哼……

出现在众人眼前的是，

那黑影快如闪电，强烈的冲击过后——艾斯已经飞出了帐篷之外……

＊

艾斯那正在化作烈焰的身体，在夜空中划过一道耀眼的轨迹，调整好体态之后稳稳地落在了广场上。

"什么情况……"

他吃惊地将目光投向帐篷里面。

——"地狱之猪"来了——剑齿巨猪！

——吃了他们！这可是见什么吃什么的魔兽！它最喜欢吃的就是肉！

——这怪物本来是要送到因佩尔地狱去的！人类只配做它的饲料！

奥利巴那些围在帐篷外面的手下们，开始为重获自由的魔兽呐喊助威。这头怪物的体型，已经跟犀牛差不多大小了。它的外貌与疣猪类似，嘴里长着一对又长又尖的锋利獠牙。

——啊！别冲着我们来啊！

谁能想到，这魔兽剑齿巨猪，居然径直奔着奥利巴的手下们冲去。

"你们是白痴吗？"

艾斯带着一脸的无奈，拦在了狂奔的剑齿巨猪面前。

哼哼哼哼哼——

嘭！

面对艾斯伸出的手，一路奔袭而来的剑齿巨猪突然来了个急刹。刚刚还钢毛倒竖、横冲直撞的魔兽，仿佛中了催眠魔法一样迅速安静下来。只见它一屁股坐在地上，瞪着滴溜圆的小眼睛观察起艾斯来。

"它毕竟不是马，所以不该说'吁'。那让猪停下的时候该说什么呢？算了，就这样吧。"

艾斯抬起手，轻轻抚摸着剑齿巨猪那硕大的鼻子，他眼前的这头巨兽，已经完全平静下来了。

霸气，艾斯在无意识中散发出的气息，已经足以让陷入慌乱的动物们恢复正常。

"珍禽异兽，如此看来应该是偷猎得来的吧，我船上的柯达兹也曾经在森林里中过盗猎者布下的陷阱。要不是凑巧被我碰上，它八成早就像你一样，也被关进笼子里卖到不知哪里去了……"

艾斯随即想起了黑桃海盗团的伙伴们。

而奥利巴的手下们，在亲眼看着艾斯轻易驯服魔兽之后，一个个都被吓得呆若木鸡。

艾斯用目光扫了扫这帮人，他丝毫没有掩饰自己心中的不快。

"偷猎这种事……真的让我非常不爽……"

艾斯的手在离开剑齿巨猪的鼻尖之后，迅速化为了烈焰。

"唔啊啊啊啊啊！"

"他……他居然……是那个'火拳'？！"

*

不过短短几分钟而已。

"哼！"

艾斯转眼就用自己的火焰，降服了奥利巴安排在帐篷外的所有手下。

他随即将目光转向马戏团帐篷。

"不好！把提奇那家伙忘了！"

8

帐篷内的惨状，简直令人不忍直视……

到处都是已经失去意识的人，他们明显都是这场有着压倒性力量的"人祸"受害者。所有敢向那个面具男发起挑战的敌人，包括奥利

巴的私人秘书和那两个中年妇女在内,没有任何人能侥幸逃过这场灾难。就连用生铁打造而成的帐篷支柱,都已经明显地歪向一边了。

"啧哈哈哈哈……"

"狠狠地……大赚……一笔……"

连奥利巴本人也已经被扁得奄奄一息。

看来他似乎对自己的战斗力颇有自信,但这顶多只能算是一场发生在巨熊和小猴子之间的战斗。

"我,现在,很不高兴。"

提奇力贯十指,以他那匪夷所思的怪力,将人的脑袋都可以像苹果一样捏个粉碎。

"唔,唔……"

"我记得某人刚才好像说过,如今已经不再是那个全凭力量说话的时代了……请问现在你感想如何啊?啧哈哈哈哈哈哈!"

"我……我要宰了你……"

奥利巴用他那不住颤抖的手掏出了一把枪,同时瞄准了提奇。

"啧哈哈哈哈!给我记住,你的那些话……"

轰嘭!

提奇把奥利巴的身体狠狠锤在地面上。

"纯属一派胡言!"

"唔……"

奥利巴痛苦地哼哼出一声之后,刚刚遭受重击的身体剧烈地抽搐了起来。

抓着敌人脑袋的提奇,又加重了手上的力道。

"看你半死不活的,未免也太可怜了。让我亲手……"

"提奇!结束了!到此为止吧!"

他高声喝止了提奇。

赶回帐篷内的艾斯,刚好看到了戴着面具的提奇,将名牌西装上已经沾满血污的猩猩地头蛇狠狠锤在地面上的那一幕。

"艾斯……"

"艾斯船长……"

艾斯在班西和雷沃斯的脸上,看出他们已经完全被提奇的气势所压倒了。

"啧哈哈哈哈,啧哈哈哈哈……"

"到此为止吧。"

艾斯重复了一遍自己刚才的话。

"我才不干。"

"这个臭小子想吃里爬外!他践踏了白胡子老爹海盗旗的威严!不狠狠收拾他,可怎么服众!"

从海盗的处世哲学来看,提奇的话句句都在理。

"你说得对。但是,尽管他暗地里进行了奴隶交易,但并没碰过其他属于白胡子的东西。他只是个不讲道义的臭小鬼而已。依我看,只要他肯向白胡子赔罪,还是可以饶他一命的。"

"赔罪……?对胆敢践踏他人海盗旗的家伙,就算是不懂事的小鬼也绝不能手软!"

"海盗旗这东西……就相当于咱们的神!你知道有多少人在付出了血的代价之后,才让白胡子海盗旗得到今天这样的威望吗?没错,就是所有白胡子海盗团的成员们!战争这种东西,可不是光凭几个臭钱就能打赢的!"

提奇扯着嗓子高声吼道。

然而艾斯的手中……已经现出了烈焰。

"我应该一开始就已经说过,不愿意服从我指挥的人,可以当场退出。"

他是认真的。

看到艾斯那严肃的神情后,提奇才微微一笑,松开了已经奄奄一

息的奥利巴。

摘掉面具后的提奇，脸上露出了目中无人的笑容。

"一时兴起而已啦。"

姑且算是缓解了现场的紧张气氛。

"今天晚上发生的事，我已经全部看在眼里了。回到莫比·迪克号之后，我会一五一十地讲给老爹听。"

"是吗？"

"回去之后，你又打算向老爹发起挑战吗？想超越别人可不是一件轻松的事情啊！喷哈哈哈哈哈哈哈哈哈！"

咯吱……帐篷发出了一声闷响。

看来它应该是撑不了多久了，大家在艾斯的指挥下，解放了被关在铁笼里的奴隶与动物们，随后一溜烟逃出已经摇摇欲坠的马戏团帐篷。

第 6 话

1

波多齐巴拉尔塔岛上的奥利巴家族正式向白胡子海盗团赔罪后，交出了门下所有产业的经营权。波多齐巴拉尔塔岛暂时交由白胡子海盗团直接管辖，事件至此总算告一段落。干海盗这一行，并非所有事情都是非黑即白。为了避免招来官方——也就是世界政府的注意，大家早就学会了在适当的时刻收手。

也正因为如此，"道义"二字才会显得如此重要。

*

化为火焰的年轻人，又一次被从莫比·迪克号的甲板上打下了海。坠入海中后，火焰也随之熄灭。

"打够一百次了吗？"

"嗯，大概吧。"

队长们终于从刚刚那几乎令人窒息的紧张氛围中解脱出来，开始彼此攀谈。

一阵淡淡的焦糊气味正飘荡在甲板上。

波特卡斯·D.艾斯与白胡子爱德华·纽哥特的战斗，终于暂时告一段落。

"咕啦啦啦啦……"

终于用出那股"足以毁灭世界"之"震震之果"能力的白胡子，正看着自己的手掌心。

"又是跟之前一模一样的烧伤嘛，这下要被医生训喽。"

说罢，他将目光瞥向广袤无垠的大海。沙奇瞬间就明白了船长的意思，扯着嗓子大声喊道。

"谁快下去把他捞上来！"

鱼人沃雷斯一个健步就跳下了甲板，三下五除二就把已经失去意识的艾斯从海里捞了上来。

一道青色的火焰，出现在刚刚窜出海面的沃雷斯面前。

"抓住我哟咿。"

展开着双翼的不死鸟已经恭候多时了，一小队队长马尔高，动物系幻兽种能力者。悬停在海面上的火鸟，就是他发动能力变身后的样子。

2

艾斯发起了一百次挑战，也吞下了一百场败绩。到头来，他的烈火之拳既没能撼动白胡子，也并未帮助他登上海盗的"巅峰"。

被救上船的艾斯，浑身湿透，背靠着扶手坐在了甲板上，正如他在这艘莫比·迪克号上第一次醒来时那样……

就连艾斯本人也很清楚，即便自己反复挑战了白胡子整整一百次，最后也绝不会出现任何奇迹。对他而言，这些所谓的挑战早就已经与胜负无关了。毕竟艾斯心中，早就已经没有要取白胡子性命的想法了。

但要说他已经彻底认输——那也并不完全正确。

艾斯的拳头，其实从一开始就并不该挥向那位名为白胡子的伟人。只是他在最后一次战败前，始终都并未觉察到，也不愿意去承认这一点罢了。

这些战斗根本没有意义。

年轻人为了证明某些毫无意义的事，往往会挣扎着付出更多毫无意义的努力。但他在这段过程中所经历的一切，却并非徒劳无功。

只要他们能觉察到这一点，愿意承认自己曾经的幼稚，就可以从失败中获得大量宝贵的经验。

"你们为什么……要叫那家伙'老爹'啊?"

艾斯低着头问道。

又是老爹,又是儿子的,明明身为海盗,干吗偏搞得跟过家家似的?直呼船长、部下,不就完事了吗?

被誉为白胡子左膀右臂的一小队队长给出了自己的回答:"因为他叫我们'儿子'!"

"我们在这个世上很不招人喜欢。"

马尔高露出了温柔的笑容。

因为我们是海盗。

对于生活在海盗地盘之外的大部分其他民众而言,"海盗"这两个字就是恐怖的代名词。它意味着偷窃、抢劫、屠杀……以及被人们憎恨,被人们疏远。相对于如同天灾般席卷而来的海盗们,老百姓们还是更希望自己能被手中掌握着法律与权力的世界政府所统治。

"所以真是好开心啊……即使只是一个称呼。"

像家人一样。

做我的儿子吧。

第一次碰面的时候,白胡子就已经对艾斯这样说过。

这话在当时的艾斯听起来,是一句充满恶意的玩笑。在有着全世界最可恶的父亲,继承了世上最污秽的血统,以至于自己的人生和内心都被憎恨所支配的——鬼之子艾斯看来,在成为海盗,渐渐打响名号,正准备开始摆脱一直以来死死缠着自己不放的梦魇时,却突然又蹦出一个白胡子来……企图支配自己的一切。

但在以客人的身份待在白胡子海盗团后,如今,当时那句话在他心中的意义已经发生了些许变化。

做我的儿子吧。

白胡子向自己伸出手,并表示:"还想在这片大海上闯荡的话,就在我的名下,尽情地驰骋吧……"

抓住那只手，真的就意味着屈服吗？

白胡子事后收留了整个黑桃海盗团，面对觊觎自己身家性命的小鬼们，白胡子却好吃好喝地善待这帮家伙。

这，就是爱德华·纽哥特这个全世界最强男人的器量。

老爹的……器量。

是他，一手建立起了这片国度。

开疆拓土时，用的既不是法律与正义，也非恐怖与支配。而是在这片大海上，组建起了一个属于他自己的"家"。

当然，这一切确实都是他在击败对手后从他人手中得来的东西。但这与对错无关，只要是白胡子骷髅旗帜飘扬的地方，就肯定有他的家人在。老爹，儿子……这绝非只是简单的一个称呼，更不是过家家式的瞎胡闹。而是这群本没有血缘关系的人们，在同甘苦共患难之后，虽然不是一家人，却已经胜似一家人的证明。

艾斯回到了自己的原点。

要让这个妈妈赐予自己的名字——波特卡斯·D. 艾斯被世人所知。同时为了从心底抹去对罗杰的恨意，毁灭这个毫不讲理害死自己兄弟萨波的狗屁世界。

回头想想才发现，关于自己的童年，艾斯大体上只能回想起与萨波和路飞有关的事情。为了不丢自己两位兄弟的脸，为了对得起那个年幼的自己所下定的决心，艾斯立下了誓言。

要无怨无悔地活下去。

"你捡了一条命，还打算继续跟老爹作对吗？"

马尔高对面前的客人艾斯说道。

"就凭现在的你，是拿不到老爹的脑袋的！也差不多该做决定了！是离开这条船重新来过，还是留在这里，背负起'白胡子'的标志……"

3

当天夜里。艾斯与黑桃海盗团的同伴们,聚集到了斯佩迪尔号上。它在最初的那一战过后,就一直以客座船的身份跟随白胡子的主力部队共同行动。尽管白胡子海盗团的成员对它照看有加,但却并未修复它当初被甚平打断的桅杆。

"艾斯……"

"艾斯船长。"

大家都在等待着船长的决断。

而艾斯,上来就对大家鞠了一躬。

"都怪我太没出息,才这么长时间都并未表明自己的态度,结果害得大家也跟着我一起遭罪。不过事到如今,我已经下定决心了。"

艾斯抬起头,看向自己的老朋友。丢斯随即点点头,拿出了一样东西。

"那是……"

"是咱们的海盗旗!"

丢斯拿出的东西,正是已经变得破破烂烂的黑桃海盗团的海盗旗,是他在那场持续了整整五天的大战之中,趁乱捡回了这面被甚平从斯佩迪尔号主帆上摘下的旗帜。

"大家请听我说。"

这恐怕是艾斯以黑桃海盗团船长身份,所进行的最后一次发言了。

"……"

"我决定在今天的这一刻,降下咱们的旗帜,将黑桃海盗团正式解散。"

艾斯将海盗旗拿在手上,郑重地说道。

现场鸦雀无声。此时此刻,摆在大家面前的只有两个选择。其一是以黑桃海盗团的身份,驾着这艘遍体鳞伤的斯佩迪尔号离开白胡子的领海。其二则是改旗易帜，加入白胡子海盗团，留在这艘莫比·迪克号上。

选择前一项，意味着身为失败者的他们，将以自由之身图谋东山再起。

选择后一项，意味着同样身为失败者的他们，以海盗的身份正式向白胡子投降。

也就是说，艾斯终于正式认输了。

"我曾经向白胡子发起过整整一百次挑战，但全部以失败告终。如今的我，已经不会再为败给他而感到羞耻了……但是，唯独这句话，还请大伙儿务必听我讲完……"

对于艾斯而言，他之所以会出海成为一个海盗，以及与路飞一起向死去的萨波发誓，要无怨无悔地活下去，都是因为——

"看来我之所以会成为一个海盗，似乎并不是为了名声、地位、力量那些无聊的东西……"

那究竟是因为什么呢？果然还是没办法很好地用语言把它表达出来……

"艾斯，你所寻找的东西，在这片属于白胡子的领海之内吗？"

丢斯适时向艾斯发问。

"我感觉……它好像就在这里。"

"你为什么会这样想？"

面对老朋友的提问，艾斯意识到自己这次无论如何都得口头上给大家一个交代。

"因为我觉得，这里待起来很舒服……"

这无疑意味着为人直爽的艾斯，已经开始对白胡子海盗团有了好感。至于他那些早已在莫比·迪克号上生活了一段时间的伙伴们，心中又何尝不是这样想的呢？刚来到新世界，就毫无自知之明地跑去挑战海上霸主，就算白胡子当时直接给他们来个斩尽杀绝，也是完全合

乎规矩的。但白胡子不仅没有伤及他们的性命,还把这帮家伙留在了自己的船上,好吃好喝地以礼相待。

"我败给了白胡子整整一百次。但我绝不是因为打不过他……才解散咱们的海盗团。我是因为受了白胡子的整整一百次恩惠……才最终做出这个决定的。"

身为罗杰之子的艾斯,除了受来自父母的生之恩外,他在目前为止的人生中,应该再没受到过第二次来自他们的恩惠。

而白胡子,却对他有着……整整一百次不杀之恩。

"他的恩情,我实在无以为报。所以我才会想留在他的手下做事,毕竟也只有这样才符合咱们海盗的道义。"

——我想加入白胡子海盗团。

这就是艾斯对自己目前为止所经历人生的总结,也是他做出的决定。

他并未急于征求大家的意见,而是耐心等待大家主动开口。

"我记得咱们黑桃海盗团……"

最先开口的是斯卡尔。

"嗯。"

"是艾斯和丢斯两位老大,在逃离无人岛之后共同创建起来的对吧?既然两位创始人都这么说了,那我自然没有任何意见。"

大家纷纷点头,对斯卡尔的观点表示赞同。

"就算船长把黑的说成是白的,咱们这些做小弟的也该全力支持,毕竟这才是海盗嘛!"

"米哈尔老师……各位……"

艾斯对丢斯点了点头。

戴着面具的男人随即代替船长向大家宣告:

"在场的各位中,某些人很可能并不是自愿成为海盗的。有什么想法大家尽管说,我们一定会尽量满足大家的要求。"

"米哈尔老师，你愿意继续做一个海盗吗？我记得成为一名未知国度的教师才是你的梦想吧？"

艾斯问道。

"嗯。只要有甲板和蓝天，无论哪里都同样是可以传道授业解惑的未知国度。"

米哈尔温柔地笑了起来。

长久以来一直负责看守斯佩迪尔号的他——当然很清楚道别的时候就要来临了，所以他脸上的笑容里，同时也隐隐掺杂着一丝不舍。

陪着黑桃海盗团一起闯荡"伟大航线"的斯佩迪尔号，如今已经遍体鳞伤。早在香波迪群岛上进行镀膜的时候，那位能工巧匠就已经说过这艘船寿命将尽了。连白胡子海盗团的船匠看过后，也委婉地表示过"与其修理，还是换一艘船来得更实在一些"。

接下来就是举行解散仪式。

大家纷纷与自己曾经寄托在黑桃海盗团旗帜上的思绪做了简短的道别……

"事到如今，身为船长的我，可不好意思说出什么'信念'之类的话来啊……"

"才没有这种事呢。"

"丢斯……"

连柯达兹也凑到艾斯脚下，边小声喵喵叫着，边蹭他的腿以示安慰。

"艾斯……你是双手可以化作火焰的海盗。我们正是因为被你那熊熊烈焰般的活法吸引，才聚集到这面旗帜下的。"

毕竟我们这些人本来就是一群无家可归的奇葩，是来者不拒的你给了大家一个容身之所，这已经很足够了。

也正因为如此，大家才会一路上唯艾斯马首是瞻。

"谢谢你们。"

艾斯的手心燃起了烈焰，他将点燃的海盗旗举过头顶，只见火星

乘着升腾的热浪,向着夜空飞舞而去。

最后,终于到了与斯佩迪尔号告别的时刻。

"永别了,斯佩迪尔号。"

"多棒的一个家啊,艾斯。"

"嗯,丢斯。"

下达弃船命令后,艾斯和同伴们一起点燃了斯佩迪尔号。

4

那是一个黄道吉日。

莫比·迪克号的甲板打扫得一尘不染,桅杆上飘扬着白胡子骷髅图案的海盗旗。

结义大典。

白原木打造的桌子上,摆放着酒,日式酒壶、酒杯,驱邪用的盐堆,以及一对鲷鱼。

各小队队长和团内有头有脸的人物分列于甲板两侧。

以丢斯为首的黑桃海盗团成员们站在最末尾,今天的主角,波特卡斯·D.艾斯,终于正式登场。

平时的牛仔帽,脖子上的串珠,身上的各种挂坠通通不见了踪影。今天的艾斯,绝对担得起"净身慎心"四个字。

"吉时已到,即刻开始进行结义大典。"

身着正式服装的男旦司仪,宣告典礼正式开始。

没有血缘关系的两个人,将在今天成为家人。

具体来说就是两名当事人为了结为义父子关系而向大海发誓,虽然排场弄得特别夸张,但这在海盗们看来,可是相当于重生再造一样的头等大事。他们甚至愿意为了这杯酒,而赌上自己今后人生中的一切。

爱德华·纽哥特为父,波特卡斯·D.艾斯为子。

"不才依佐，负责担任这次结义大典的主持人。撮合人为沙奇，监场人马尔高，见证人提奇……"

过程大致如下——

撮合人沙奇，将从白胡子手中接过的酒杯，转交给艾斯。将杯中酒一饮而尽后，艾斯用怀纸将酒杯包裹好揣进怀中。再拿出两个酒杯斟上酒，交由位列两侧的队长们进行传递。由上位者将酒杯交由下位者，再换新杯由下位者交由上位者。行完交杯礼，将酒杯叠起来后，所有人再一起拍手以作结尾。

在撮合人沙奇的点头示意下，艾斯终于开口说道：

"老爹。"

"哦，儿子。"

艾斯和白胡子进行了一次无比简短的对话。

"大事已成！我宣布，两位正式结为义父子！"

随着依佐的一声高呼，甲板瞬间就被震耳欲聋的掌声给淹没了。

在场的各位队长自然不必说，还有许多麾下海盗团不惜长途跋涉前来参加这次大典。光是大型海盗船，就有十好几艘。想必是打算趁这个机会见识一下传说中的"火拳"吧，这同时也意味着波特卡斯·D.艾斯正式加入白胡子海盗团一事已经引起了整个新世界的注意。

"我听说你把自己的海盗旗给烧了。"

白胡子问了艾斯一句。

"嗯。"

"就算你已经加入我的麾下，也一样可以继续沿用以前的海盗旗啊。"

在白胡子所收的义子中，确实有很多人的海盗团都原封不动地直接沿用了曾经的人员配置。

"那种做法与我心中的道义不符。"

艾斯回答道。

"是吗?"

"而且……我是烈焰。我的旗帜,已经在被我亲手化为灰烬后,融入了我的灵魂中。"

艾斯说罢看向自己的手心。

"啊,哎呦咿。"监场人马尔高突然窜到艾斯面前,讲起自己这些年为人之子的心得来,"艾斯你听好,既然你已经加入了白胡子……"

"可以给我几秒钟吗?"

艾斯说罢走向台前。

"呦咿?"

因为被艾斯打断话头而不知所措的马尔高,只好暂时跟在艾斯身后。

他略弯着腰,将自己左臂上 ASCE 字样的文身展示给白胡子看。

"我的名字是波特卡斯·D.艾斯,它来自对我有生育之恩的妈妈。而这个文身,则来自可以说是我恩人的两位兄弟。还有我那些站在后面的小弟……他们都是我的家人。白胡子,从今天起,我就是你的儿子了。"

"……"

艾斯转过身去。

年轻的"火拳"继续说道:

"我会把后背留出来,等我真正弄清了今天这杯酒的含义……和自己所追寻的东西究竟是否在这里,我就会用自己的身体……背负起属于老爹你的印记!"

总有一天,他一定会用身后那永不消逝的"白胡子骷髅",背负起属于白胡子爱德华·纽哥特的信念。

"咕啦啦啦啦……!"

白胡子开心地大笑了起来。

说得好——

"这就是我的想法了。"

"……哎哟咿……"

大家一起随着马尔高鼓起掌来，甲板上的喝彩声也变得更加响亮了。

珍贵画面令人应接不暇!!

系列史上最多!!
收录总数超过100幅以上!!

尾田荣一郎画集!

ONE PIECE COLOR WALK 8 WOLF

纸质、配色,都做到精益求精!"新世界"篇彩页同样魄力十足!!

特邀谈话节目!

寺田克也 × 尾田荣一郎

超级歌舞伎Ⅱ与"海盗王"联动彩页大量公开!!!

属于ONE PIECE的世界!!

ONE PIECE DOORS! 1

收集了全部航海王漫画扉页的图册!

好评发售中!

可以一口气看遍所有漫画扉页小故事的全新体验!第一卷中收录了从第2章到第305章的总计249张扉页!!

对扉页进行完全考察!
专栏彩页同样一网打尽!!

光与暗
路飞与艾斯、萨波的故事

航海王史上首次绘本画!

用独特的画风为您描绘出一个全新的世界!!

ONE PIECE picture book

画师 / 长田真作　原作者 / 尾田荣一郎

在ONE PIECE杂志上大受好评的绘本,增加新内容后终于正式与读者见面了!

航海王
ONE PIECE
小说 艾斯
② 新世界篇

尾田荣一郎

滨崎达也

图书在版编目（CIP）数据

艾斯 . 2, 新世界篇 /（日）尾田荣一郎,（日）滨崎达也著；张旭译 . — 杭州：浙江人民美术出版社，2021.2（2024.8重印）
（航海王小说）
ISBN 978-7-5340-8656-4

Ⅰ.①艾… Ⅱ.①尾…②滨… Ⅲ.①中篇小说—日本—现代 Ⅳ.①I313.45

中国版本图书馆 CIP 数据核字（2021）第 024635 号

航海王 小说 艾斯 2　新世界篇
著作权合同登记　图字：11-2020-050 号

"ONE PIECE NOVEL A"
ⓒ 2018 by Eiichiro Oda,Tatsuya Hamazaki
All rights reserved.
First published in Japan in 2018 by SHUEISHA Inc., Tokyo.
Chinese（Mandarin）translation rights in China（excluding Taiwan, Hong Kong and Macau）arranged by SHUEISHA Inc. through Hangzhou FanFan Culture Media Co., Ltd.

本作品中文简体字版由株式会社集英社通过杭州翻翻文化传媒有限公司授权中国浙江人民美术出版社在中华人民共和国（台湾地区以及香港、澳门特别行政区除外）独家出版发行。

责任编辑	冯　玮　陈辉萍
翻　　译	张　旭
责任校对	郾玉清
责任印制	陈柏荣
特别协助	杭州翻翻文化传媒有限公司
出版发行	浙江人民美术出版社（杭州市环城北路 177 号）
经　　销	全国各地新华书店
印　　刷	杭州捷派印务有限公司
版　　次	2021 年 2 月第 1 版
印　　次	2024 年 8 月第 4 次印刷
开　　本	880mm×1230mm　1/32
印　　张	4.875
字　　数	120 千字
印　　数	8,001-10,000
书　　号	ISBN 978-7-5340-8656-4
定　　价	28.80 元

版权所有，侵权必究。如有印装质量问题，影响阅读，请与出版社营销部联系调换。
（联系电话 0571-85174821）